DU MÊME AUTEUR

CONTES D'AMOUR ET DE MORT

Pour Michel Crépu

UN APRÈS-MIDI PLUTÔT GAI

en hommage de
l'auteur

MARIETTE CONDROYER

UN APRÈS-MIDI PLUTÔT GAI

nouvelles

nrf

GALLIMARD

« Car nous avons tous une petite place derrière la tête de la largeur d'un shilling qui nous reste invisible. »

VIRGINIA WOOLF

L'enfant otage

Il est le premier levé, c'est toujours lui qui prépare le café, dès l'âge de cinq ans il a pris cette habitude, il se débrouille très bien, aussi ce matin j'ai été étonnée de ne pas le voir dans la cuisine, je suis montée dans sa chambre, Arthur était encore couché, je lui ai dit :

— C'est l'heure.

— L'heure de quoi ? m'a-t-il demandé.

Son ton était aimable. Cette phrase aurait pu être prononcée de bien des manières : ironique, insolente ou hostile dans l'interrogation. Je n'aurais pas été étonnée. Arthur joue très justement de sa voix et sait moduler quand il veut, pour prendre un ton désagréable, quelquefois agressif ces derniers temps, mais ce matin sa voix exprimait de la tendresse, de la douceur et surtout une interrogation étonnée. Il se voulait abandonné, perdu dans l'espace et dans le temps. Cette question « l'heure de quoi ? » devait faire partie d'un jeu.

— Tu seras en retard. Es-tu malade ?

— Non, m'a-t-il répondu mais il ne s'est pas levé.

Ce n'est pas son genre de paresser, de manquer ses cours. C'est un élève modèle. Jamais il ne traîne. Pourtant je ne me suis pas inquiétée de cette subite désobéissance, malgré mes rappels à l'ordre.

— Je dois partir. Débrouille-toi tout seul et si ça ne va pas, appelle le médecin. Son numéro de téléphone est dans le carnet, le nouveau, le rouge, celui qui est rangé dans le tiroir.

Arthur ne m'écoutait pas. Je sais quand il fait le sourd. Il tenait son poignet gauche dans la main, et toute son attention était dans son geste.

— Qu'est-ce que tu as au poignet ?

Pas de réponse. Je ne lui ai plus posé de questions. Sa chambre était parfaitement en ordre, hier au soir il avait fait ses devoirs, puis rangé son bureau, préparé son cartable, plié ses habits au bout du lit.

Cet enfant est parfait, trop parfait. C'est terrible, il est en avance sur tout. Il raisonne mieux que moi. Arthur connaît la vie déjà, il n'a que huit ans mais, certains jours, son savoir me glace les sangs.

Les enfants me font peur maintenant. Ils s'installent dans votre vie en conquérants et font des ravages, et souvent ne vous laissent plus de place.

Je l'ai embrassé mais il a refusé mon baiser. Et puis je suis partie, j'étais en retard, je ne pouvais rester plus longtemps.

Pendant cette journée, je n'ai guère pensé à lui.

Je l'ai seulement appelé vers midi. Personne ne m'a répondu. Arthur avait dû aller déjeuner à la cantine de l'école.

Quand je suis revenue le soir, je quitte toujours le bureau vers six heures, j'ai trouvé les journaux devant la porte, un paquet aussi de la poste et les bouteilles de lait. Déjà la nuit. Dans la maison, pas un seul bruit, pas de lumières et les fenêtres grandes ouvertes.

Il faisait un froid glacial.

Pourquoi laisser les fenêtres ouvertes en plein hiver quand il gèle ?

J'ai appelé « Arthur ». Aucune réponse. Je suis montée tout de suite dans sa chambre. Je l'ai trouvé couché dans son lit. La chambre n'était éclairée que par les réverbères de la rue, les lampes de la pièce avait été débranchées. J'ai embrassé Arthur sur le front.

À côté de lui, sur le lit, un plateau avec un verre d'eau et une pomme. Arthur n'a pas réagi à mon baiser.

Son front était tiède, pas de fièvre. Il se tenait immobile comme un gisant. Les yeux grands ouverts, il me regardait.

— Que s'est-il passé ici ? Qu'est-ce que tu as ? J'ai téléphoné vers midi. Tu n'as pas répondu. As-tu demandé au médecin de venir ?

Arthur frottait toujours son poignet gauche, puis le droit, tantôt l'un, tantôt l'autre.

— Ils m'ont serré trop fort... Tu vois cette corde, elle me fait mal, dit-il.

Arthur me présentait maintenant ses deux poignets comme réunis par un lien.

Il parlait très posément.

— Ils m'ont serré trop fort. Pour toute nourriture je n'ai droit qu'à une pomme. Je ne l'ai pas encore mangée. Un peu de pain aussi et un verre d'eau. Mon seul repas de la journée.

Je n'ai pas réagi à ce qu'il disait. Je n'ai rien dit au sujet de cette corde que je ne voyais pas et qui était censée le retenir prisonnier.

Je l'ai réprimandé pour avoir laissé les fenêtres ouvertes. Il faisait un froid glacial dans la pièce et dans toute la maison. Y avait-il une explication ? Et comme j'insistais pour qu'il m'en donnât une, Arthur se mit à me parler très lentement. Je pouvais enfin comprendre ce que signifiaient la pomme, le verre d'eau et les poignets attachés.

— Je suis un otage... le plus jeune otage... je connais leurs méthodes. Ce soir j'aurai une couverture pour dormir. Tu vois ils m'ont attaché les mains et les pieds...

J'ai pris ses mains dans les miennes, j'ai caressé sa peau et embrassé ses doigts. Je n'ai rien dit sur ces liens inexistants qui le serraient si fort. Je n'ai pas réagi, je l'ai laissé dire.

Arthur m'a conseillé de ne rien tenter pour le libérer, il voulait aussi que je quitte sa chambre tout de suite.

— S'ils te trouvent. Ils te tueront.

Je n'ai fait aucune remarque sur cette menace, je

n'ai fait aucun commentaire. Je l'ai laissé seul et suis descendue à la cuisine, j'avais faim tout à coup, j'avais besoin de quelque chose de chaud. J'ai mangé avec un appétit énorme.

Voilà, c'est ainsi que tout a commencé, ce n'était sans doute au début qu'un caprice, une manière de me mettre à l'épreuve, il me reproche souvent de ne pas participer à ses « tours de piste », comme il les appelle, de rester sur la terre ferme... Peut-être cette fois ai-je eu envie de l'accompagner un peu...

J'explique ainsi ma passivité ce premier jour.

C'est vrai, j'aurais dû tout de suite refuser, ne pas être complice. J'aurais dû réfléchir à ce qu'il fallait faire dès ce premier soir, et surtout le lendemain si Arthur persistait. J'aurais dû m'interroger en somme, prendre cela au sérieux, m'opposer à lui violemment, casser son jeu tout de suite. Il y aurait eu des cris, des larmes, je redoutais beaucoup ses larmes, et ses argumentations bien sûr. Arthur a toujours à débattre, il tient tête le plus souvent mais là, il n'a pas eu à tempêter car je n'ai rien fait pour le contrarier.

J'étais fatiguée, il faut dire, j'ai pensé « Au moins, ce soir, j'aurai la paix ». Oui, ce fut ma première réflexion. Ça peut étonner mais je n'ai espéré que cela... Le silence, le calme. Il y a tellement de bruits partout, ma vie n'est que bruits. Au bureau avec leurs nouvelles machines, dans la rue, même à la cantine, ils ont mis un haut-parleur qui diffuse de la musique douce et des flashs d'information, de la publicité aussi et de la musique moins douce, mais surtout le soir, ici quand je rentre, cet enfant me parle tout le temps, il ne me lâche pas une seconde.

Je ne supporte plus ses interrogations perpétuelles. Il raisonne aussi sans cesse, m'explique et me soûle de son savoir, de son intelligence, de sa curiosité. Rien ne lui échappe.

« Au moins ce soir, j'aurai la paix. » C'est vraiment ce que j'ai pensé tout de suite, comment imaginer ce qui allait suivre. J'ai surtout vu ma tranquillité, Arthur resterait dans sa chambre avec sa pomme et son verre d'eau. Il dialoguerait s'il le veut avec... les autres, ses nouveaux venus dans sa vie, ses gardiens...

J'étais soulagée de le laisser en leur compagnie, au moins ce soir Arthur aurait quelqu'un à qui parler...

Bien sûr, maintenant je me rends compte que c'est dans ces premières heures que j'aurais dû réagir, au contraire c'est moi qui suis devenue l'otage de son imagination féroce. Ça m'arrangeait en somme.

Me croirez-vous quand je vous dirai qu'il s'est déjà passé plus de deux semaines depuis cette soirée où j'ai abandonné aux autres Arthur... « l'enfant otage », comme il s'appelait...

Et, nous avons vécu ainsi toutes ces journées. Le

matin, en partant, je lui laisse un verre d'eau, un morceau de pain et un fruit, selon les directives de « ses geôliers ». J'attache les volets car quelquefois le vent les fait battre, l'espagnolette est cassée, je laisse la porte de la salle de bains entrebâillée pour qu'il puisse y aller. Arthur se plaint de n'avoir plus aucune force dans ses mains. Par contre, je ferme la porte de la chambre qui donne sur le palier.

À l'école, j'ai écrit qu'Arthur était malade. Vraiment personne ne s'est soucié de lui. Les gens ne sont pas curieux. Ils peuvent vous laisser sombrer sans s'inquiéter de quoi que ce soit. Ils posent peu de questions. Cette prétendue maladie a éloigné ses copains. Si vous êtes évasif pour parler d'un mal, les gens imaginent le pire. La femme de ménage par exemple n'est pas revenue. Elle avait peur de cet enfant qui restait enfermé dans sa chambre sans faire aucun bruit et dont la seule nourriture se résumait à des fruits et du pain.

Sinon personne ne s'est inquiété. C'est vrai qu'à nous deux, Arthur et moi, nous sommes notre seule famille en France, les cousins vivent à l'étranger. Ça simplifie. Nous n'avons de comptes à rendre à quiconque, personne ne nous chérit. Triste aussi.

Vingt jours que nous vivons ainsi, parce que depuis le matin où Arthur m'a dit « Je suis le plus jeune otage de France », rien n'a varié dans son discours, il s'est enferré tout à fait dans son rôle de prisonnier.

Tous les soirs, quand je rentre du bureau,

Arthur me rapporte ce que « ses gardiens » lui dictent, ce qu'ils ordonnent, mais leurs exigences ne deviennent concrètes qu'à travers moi. C'est moi l'intermédiaire. Le seul repas d'Arthur ne comporte que du pain, un fruit et de l'eau, mais c'est moi qui l'apporte. Les « autres » ordonnent et moi j'exécute les ordres... pour les volets fermés ou ouverts, les lumières éteintes, le chauffage coupé, la couverture donnée ou retirée, la ration des fruits diminuée. Pour les sanctions, les réprimandes, je suis là aussi.

Je vous raconterai plus en détail notre vie au quotidien, mais je veux d'abord parler d'une nouvelle exigence de « leur part ».

En rentrant ce soir, je ne suis pas allée dans la chambre d'Arthur tout de suite. Au bureau, on avait fêté un anniversaire et j'avais un peu bu. Au lieu d'aller le voir, j'ai pris une douche puis j'ai fait un café. Arthur n'a marqué aucune impatience, d'habitude dès qu'il entend la porte claquer, il m'appelle et je monte, mais ce soir, j'ai bien mis un quart d'heure avant d'aller le voir. Je n'ai eu de sa part aucune protestation pour mon retard.

Au lieu de le trouver couché, il était à son bureau, il lisait un livre d'histoire et écrivait dans son cahier bleu. Arthur, tout à fait tranquille et calme, m'a semblé très faible et d'une maigreur beaucoup plus évidente que lorsqu'il est allongé dans son lit. Son état physique ne fait qu'empirer.

— J'ai le droit d'emporter un livre, je prends

celui d'histoire. Ils veulent me changer de cache. Ils exigent le placard, la penderie de la chambre d'amis. Ici, il y a trop de lumière. Emmène-moi là-bas.

J'ai refusé. Cela n'a pas été sans effort mais il était temps que je m'oppose à lui. Ce que je craignais est arrivé. Arthur s'est mis à trembler avec une telle violence... pour un corps si fragile. Tant d'énergie dans la fureur et le désespoir.

— Tu vois, tu ne joues plus avec moi. Tu dis pourtant que tu m'aimes mais tu m'abandonnes, tu me livres à eux. Ils se vengeront si on n'obéit pas.

Il a imploré encore en me prenant les mains, alors je l'ai soulevé dans mes bras. Il était si léger. Il y avait si longtemps que je ne l'avais pas tenu ainsi. Je le serrai fort, je l'embrassai. Il se blottissait contre moi, mettait sa tête dans mon cou. Arthur avait une odeur d'oiseau.

Je l'ai porté jusqu'à la chambre d'amis et je l'ai allongé au fond de la penderie, celle où je range les vêtements d'hiver. Il y avait encore un vieux chapeau en feutre noir. Arthur l'a pris et l'a mis sur sa tête. Ça l'a fait rire.

— Tu te souviens, l'été dernier, comme j'aimais me déguiser. Pour l'anniversaire de Lambert, j'avais mis la vieille pèlerine et la casquette dorée. La prochaine fois, peut-être, je louerai un déguisement pour la fête de l'école, j'ai vu un très beau costume de samouraï...

Je me suis dit « C'est fini. On va pouvoir vivre normalement, il a abandonné ses fantômes ».

— … S'ils me délivrent… bien sûr…

Non, « les autres » se tenaient toujours près de lui.

Je l'ai confortablement installé dans la penderie, j'ai mis des coussins sous sa tête. Arthur a voulu que je lui laisse le chapeau.

— Est-ce qu'ils accepteront ?

C'est moi qui ai posé cette question. Je me voulais complice. Je n'aurais pas dû. Je rentrais dans son jeu, au lieu de l'en détourner.

Arthur a souri. Ça lui a fait plaisir que je *les* mentionne enfin, mais sa gaieté n'a duré que quelques instants. Ensuite il m'a demandé de lui rattacher les poignets…

— Si tu ne le fais pas, ils se vengeront sur moi.

J'ai fait le simulacre de liens que je nouais. Plusieurs fois j'ai recommencé ce geste.

— Pas trop serré, m'a-t-il dit.

Ensuite Arthur m'a souhaité bonne nuit.

— Une bonne nuit, ai-je dit puis j'ai fermé la porte à moitié.

Mes collègues de bureau veulent faire une fête pour ma nomination à un nouveau poste. Je suis montée en grade. Georges aussi. Il travaille dans la même section que moi. C'est lui qui a eu l'idée de célébrer notre avancement. Chez lui, c'est trop petit. Chez moi, ce serait l'idéal. Je n'ai pas su lui répondre. Que faire d'Arthur ce jour-là ? Resterat-il enfermé dans la penderie toute la soirée sans manifester sa présence.

Au bureau j'ai évité de parler d'Arthur, personne n'est au courant de sa maladie... Au bureau, on ne discute que bureau ou coucheries.

Georges a même précisé la date pour la fête. On se réunirait vers neuf heures du soir. Georges m'aidera et se chargera des boissons.

J'ai dit « Bonne idée » en pensant que, d'ici là, je trouverais une solution, d'une manière ou d'une autre, ou j'aurais une excuse au dernier moment pour annuler cette fête.

Arthur me fait de plus en plus peur. Je ne sais jusqu'où il ira. Chaque jour nous nous enfonçons davantage, nous sombrons ensemble. Il n'y en a pas un qui puisse sauver l'autre.

J'essaie de me souvenir des premiers jours, j'ai très présente en mémoire cette soirée, la première, mais les autres, toutes les autres, je n'en retiens plus le déroulement. Quel a été l'enchaînement, le glissement pour arriver à tant de douleurs? On approche de l'horreur insensiblement. Je ne sais comment le sortir de là, le moindre choc serait fatal, on est allé trop loin, le moindre retour à la réalité l'étoufferait, l'asphyxierait, comme trop d'oxygène d'un seul coup.

Nouvelle exigence ce matin. Arthur m'a montré son petit doigt. Et j'ai compris tout de suite. Une connivence entre nous deux, une mémoire commune d'anciennes phobies, de discussions interminables sur un fait d'actualité où il était question d'un otage et d'un petit doigt sectionné. Arthur avait revu récemment un reportage sur cet enlèvement.

Le sacrifice du petit doigt! Voilà la dernière exigence. Rien que cela! Et comme pour le reste je dois être l'exécuteur. Toujours *eux* qui ordonnent l'enfermement, le jeûne, mais c'est moi qui exécute.

Arthur m'a bien transmis l'ordre : « le petit doigt », mais c'est moi qui dois le couper, c'est bien ce qu'a demandé Arthur avec l'air le plus innocent du monde.

— Ça ira très vite. Tu peux prendre le petit hachoir, mon doigt est très mince. Je ne sentirai rien.

Arthur murmurait, parlait difficilement mais le ton était impératif quand il ajouta :

— Tu me promets, tu le feras...

Il me mettait en garde aussi, Arthur prétendait que « leur vengeance serait terrible » si je n'acceptais pas les conditions, il subirait la punition suprême.

Et j'ai fait ce que j'aurais dû faire depuis le début. J'ai refusé. Surtout je me suis tenue à ce refus. Il m'a fallu beaucoup de détermination pour le contrarier.

Arthur a commencé à pleurer. Un temps fou qu'il n'avait plus pleuré. Cela lui faisait du bien.

— Tu vois, tu m'abandonnes. Je suis seul maintenant. Je vais leur être livré entièrement...

Arthur pleurait sans s'arrêter, il retrouvait une manière bien enfantine de sangloter en mêlant les cris aux pleurs. Il me présentait son petit doigt tel un gage qui signifiait la menace d'un désaccord entre nous.

— C'est fini, tu ne fais plus partie du jeu. Tu ne m'aimes plus.

Puis il s'est recroquevillé, les mains sur la tête. Il pleurait toujours.

— Ferme la porte, m'a-t-il demandé.

Il était tard, je me suis couchée, en pensant : « Cette fois il faut vraiment que je réfléchisse, on est au bout tous les deux, c'est la fin ici. Il doit y avoir une trêve... Je dénouerai les liens autour de ses poignets...

« Le chemin a été long... nous n'irons pas plus loin ensemble... »

Arthur a pleuré une partie de la nuit, des pleurs qui se mêlaient aux airs d'une comptine qui n'en finissait plus. Il reprenait sans cesse la même musique qu'il fredonnait. Puis il n'a plus pleuré, j'ai dû m'endormir quand les pleurs ont cessé. Mon sommeil n'a pas duré longtemps, après les pleurs, les murmures. Peut-être se racontait-il une histoire ?

Mon réveil a sonné. Déjà le jour. Aujourd'hui n'est pas un jour comme un autre, je n'irai pas au bureau. Le voyage va finir pour nous deux, je dois l'accompagner jusqu'au bout. Avais-je dormi plus d'une nuit ? Une journée était peut-être passée sans que j'en garde aucun souvenir, juste celui de l'air de la comptine et des pleurs d'Arthur de plus en plus faibles mais je n'avais pas cédé à sa demande plusieurs fois réitérée…

Maintenant la maison était tranquille, plus de bruits, plus de berceuse, plus de pleurs, et ce soleil qui passait à travers les lattes de bois des volets. Dans la rue, la rumeur familière des voitures, le klaxon particulier de l'autobus qui prend le matin les enfants à huit heures à l'angle de l'avenue.

C'est certain, aujourd'hui je n'irai pas au bureau.

« Mon petit Arthur », je l'ai appelé ainsi plusieurs fois. Je n'ai pas eu de réponse. Il devait dormir, moi aussi j'ai replongé dans le sommeil, la nuit avait été difficile. Et pour Arthur aussi, avec les autres…

Et puis on a sonné à la porte. Je ne pourrais pas dire l'heure. Cette personne a insisté plusieurs fois, puis elle est rentrée, a appelé en bas, enfin j'ai entendu des pas dans l'escalier, sur le palier. Encore un appel, une voix d'homme, Georges sans doute, il vient pour organiser sa fête…

Celui qui viendra parlera enfin à Arthur, lui fera comprendre que cette fois je ne peux plus rien pour lui. Je ne peux accepter ce qu'il me demande. Il est grand temps que quelqu'un arrive et nous délivre, à moins que le visiteur qui entre à l'instant dans la chambre, que je distingue mal, ne soit pas Georges, mais *l'un des autres...*

Un après-midi plutôt gai

Dans le village, ce samedi-là, très tôt dans l'après-midi on entendit la cloche de l'église qui annonçait une mort. Le village est petit, tout le monde se connaît. Ce ne pouvait être qu'une erreur de cette nouvelle machinerie achetée par la mairie, la folie heureusement sait se loger aussi dans la mécanique.

Une heure plus tard, le glas sonna une fois encore, et cet après-midi qui s'annonçait franchement macabre fut tout au contraire un après-midi plutôt gai, chacun étant heureux de se compter parmi les vivants. Et s'il y avait vraiment un mort dans le village, il ne restait de possible que l'occupant de la maison près de la place du marché. Ce nouveau locataire, personne ne le connaissait, de lui on ne savait rien, bien qu'installé « dans la maison blanche » depuis plusieurs mois, il ne s'était pas lié avec ses voisins et les évitait. On connaissait juste son nom : Monsieur Florian, inscrit en gros sur la boîte aux lettres.

Et précisément, vers les quatre heures, ce

samedi-là, après la deuxième sonnerie du glas, des voitures s'arrêtèrent devant la « maison blanche », mais rien ne laissait supposer que ce fût pour un mort, ça ressemblait plutôt aux prémices d'une fête.

Des jeunes poussèrent la grille du jardin, des filles et des garçons en tenue légère. Il faisait très beau. Les radios des voitures marchaient à tue-tête et d'autres jeunes arrivèrent encore, s'avancèrent dans l'allée du jardin, certains à moto, quelques-uns à bicyclette. Des couples aussi, avec enfants. La grille de la propriété resta ouverte, ainsi ceux du village eurent tout le loisir de constater qu'il régnait dans ce jardin, silencieux et désert la plupart du temps, une animation particulière. Certains jeunes s'installèrent sur la pelouse et quelques-uns jouèrent au ballon. Les enfants pataugeaient dans le bassin. Et surtout on entendait de la musique, beaucoup de musique jusque sur la place du village. Les voisins ne s'occupèrent plus que des rires et des décibels de la « maison blanche », de tout ce bruit, de tout ce dérangement. Personne ne mentionna plus la cloche funèbre et ne chercha à savoir qui était mort.

Plus tard, tout un groupe traversa le village pour aller jusqu'à la rivière, la plupart se baignèrent, deux jeunes gens louèrent des barques pour faire du canoë.

Plus tard encore, une autre voiture arriva devant

la « maison blanche ». Une voiture de livraisons. On apportait de nombreuses victuailles et des boissons. Un grand dîner se préparait. Le locataire des lieux, Monsieur Florian, ne s'occupait de rien, personne ne le vit cet après-midi-là. Seul un homme d'un certain âge, environ la soixantaine, l'âge présumé aussi de Monsieur Florian, avait l'œil à tout. Il était arrivé très tôt ce jour-là. Il portait un feutre noir malgré la chaleur, c'est lui qui régla le livreur.

Plus tard encore, deux femmes sonnèrent à la grille à nouveau refermée. Elles venaient préparer le dîner, ces femmes n'étaient pas du village, personne ne les connaissait. Elles rangèrent leurs voitures à côté du lavoir, il n'y avait plus de place près de la maison.

Plus tard encore, cet homme au feutre noir, qui s'occupait de tout pour Monsieur Florian, alla jusqu'au château afin de louer le parc pour la journée de demain et la nuit qui suivrait. Il voulait un orchestre, il voulait des tentes car la météo prévoyait la pluie, il voulait des chaises, des tables, des boissons et transmit l'invitation de Monsieur Florian : tout le village était convié à ces réjouissances.

Personne ne lui demanda les raisons d'une telle fête. Il fit tout de suite un chèque à la mairie qui possédait maintenant le château et louait son parc pour des mariages et des réceptions. Les berges de la rivière étaient aménagées en aires de jeux.

Et plus tard encore, ceux du village qui passaient et repassaient devant la « maison blanche », la grille du jardin ouverte en permanence maintenant, virent des jeunes à moitié nus, allongés dans l'herbe, prenant des bains de soleil. Sur la pelouse, de grands draps blancs avaient été étalés en guise de nappe.

Par les fenêtres ouvertes, la musique hurlait dans la salle de billard et, tout au bout de la maison, dans la cuisine, il y avait une autre sorte de musique, celle d'une radio locale qu'écoutaient les deux cuisinières. Sur la grande table s'amoncelaient les préparatifs pour le dîner.

Et plus tard, encore plus tard, après le dîner, la « maison blanche » fut à nouveau un but de promenade pour les villageois qui regardaient par les fenêtres restées ouvertes. Certains même grimpèrent sur le mur d'enceinte, d'autres allèrent derrière la clôture, tout au bout du jardin.

Personne ne vit Monsieur Florian, le locataire des lieux, mais tous constatèrent que l'ambiance était agréable.

À la nuit, des lampions s'allumèrent partout.

Ceux du village se réjouissaient en pensant que demain, dans le parc du château, ils seraient aussi de la fête.

Très tard dans la nuit, on entendit des chansons, il y eut des musiques douces et quelques moins douces qui hurlèrent dans les campagnes. Au matin, des sons stridents troublaient encore les rêves.

Dans le jardin de la « maison blanche », des jeunes s'étaient endormis sur la pelouse, enroulés dans des couvertures, à midi ils dormaient toujours.

L'homme au feutre noir était le seul éveillé. Il remonta la rue principale pour aller jusqu'au parc du château, les préparatifs de la fête du soir commençaient déjà.

Le feu d'artifice aurait lieu près du bassin. Le buffet serait dressé sur la terrasse.

Le monsieur au feutre noir se présenta enfin, ce qu'il avait omis de faire la veille.

— Je me présente : Paul Boivin, c'est à moi que vous devez vous adresser pour les moindres détails, Monsieur Florian ne viendra pas. Il m'a chargé de m'occuper de tout.

Et pendant que Paul Boivin surveillait les mises en place de l'orchestre, les derniers détails du buffet du soir, quelqu'un près de lui s'inquiéta de cette cloche folle qui avait sonné la veille deux fois, pour annoncer une mort.

Paul Boivin se garda bien de répondre, de dire quoi que ce soit. Trop tôt encore pour leur révéler la vérité. Pour eux, l'heure n'était pas venue d'apprendre que Monsieur Florian était bien mort deux jours plus tôt et que le glas avait sonné pour lui. Il n'y avait eu aucune erreur de la nouvelle mécanique. Plus tard, le soir, après le bal, Paul

Boivin leur dirait tout, il expliquerait, comme il le pourrait, cette mort tenue secrète et les raisons d'une telle fête.

Lettre de Monsieur Florian à Paul Boivin.

« Déjà vous allez vous étonner de recevoir une lettre de moi, vous étonner encore plus de son contenu. Je vous ai choisi car nous n'avons aucun lien d'amitié, on peut dire que nous nous ignorons en somme, on s'est vus trois ou quatre fois chez des amis, constatant à chaque rencontre que nous n'avions aucune sympathie l'un pour l'autre, aucune sympathie, ni antipathie d'ailleurs. Nous étions tout à fait neutres.

Je vous ai choisi pour cela.

Sans doute êtes-vous au courant... je ne vis plus à Paris, je suis malade depuis quelques mois, très malade, personne ne sait pour ainsi dire où je me cache. Ces derniers mois, j'ai fait le vide absolu autour de moi.

Je ne veux plus me montrer. Et quand vous recevrez cette lettre, je serai mort depuis peu, quelqu'un doit vous l'apporter immédiatement après...

Et voilà ce que je vous demande. Vous vous occuperez de tout. Mes dernières volontés en somme... Je sais qu'avec vous il n'y aura ni larmes ni tristesse, c'est un travail comme un autre, je vous paie pour cela, je suis sûr que vous vous acquitterez au mieux de cette tâche.

Donc, vous irez à l'adresse indiquée ci-dessus, cette adresse est celle de la "maison blanche" dans laquelle je vis.

(Liste bien sûr, au dos de la page, de détails pratiques, de choses à faire, mais j'ai déjà tout réglé à l'avance, simplement quelques signatures à mettre par-ci par-là.)

Mais l'important n'est pas là, voilà ce que je vous demande surtout.

Après ma mort : N'appeler aucun membre de ma famille ni aucun de mes amis, aucun de mes proches, par contre j'aimerais que vous invitiez une trentaine de personnes, plus nombreux si vous voulez, ou moins nombreux, à votre convenance, des personnes qui n'ont aucun rapport avec moi. C'est eux qui seront conviés dans la "maison blanche" le soir de ma mort, c'est eux qui seront à la fête le lendemain et me suivront au cimetière, les habitants du village peuvent se joindre à eux s'ils le désirent....

Je ne veux aucun de ceux qui m'aiment ce jour-là. Ni ceux que j'aime. Je souligne car c'est la condition essentielle. C'est pour cela que je vous ai choisi.

Ce jour-là, pas de tristes et d'endeuillés par ma disparition, que des inconnus, s'ils sont gais tant mieux, qu'ils s'amusent et passent une bonne journée à la campagne. Régalez-les vraiment. Je ne regarde pas à la dépense ce jour-là.

Voilà, c'est vous le maître d'œuvre, c'est vous qui réglerez tout. Je compte bien sur vous.

Ensuite, quand vous m'aurez enterré, je vous

laisse ces lettres, vous les posterez, elles sont pour tous ceux qui m'aiment et que j'aime.

Ceux-là, je les attends plus tard. Ils viendront solitaires ou ensemble, ou ils ne viendront pas, avec une marguerite ou un dalhia, ou un caillou ou une pierre. C'est tout. Leur tour de deuil viendra selon leur désir de tristesse.

Mais avant, pour ce premier soir, je ne veux que des inconnus, des joyeux, des indifférents à ma mort. C'est à vous de régaler l'assistance, ils boiront à ma santé.

Je serai au premier dans ma chambre, je vous entendrai rire et chanter. Ce sera agréable, les pleurs viendront après. Je me sentirai encore vivant pour un soir.

Vous avez compris, surtout pour cet après-midi-là et le soir et le jour qui suivra, tant que je serai couché dans cette chambre, avant la terre, pas de tristesse, pas de désespoir, éloignons ceux qui m'aiment et que j'aime, je ne le supporterai pas, juste les autres, seuls les autres, les indifférents...

Et le dimanche, vous vous occuperez de la fête... Je la veux joyeuse aussi. N'oubliez pas ceux du village... »

Et ce dimanche-là fut une journée magique à « la lumière dure », comme les aimait Monsieur Florian. Une fête très réussie.

Monsieur Florian aurait apprécié. Ceux de la

« maison blanche », fatigués de la nuit précédente, vinrent tard dans l'après-midi se joindre aux habitants du village. L'orchestre traînait un peu, jouait faux la plupart du temps mais plaisait beaucoup, la chanteuse était jolie.

On dansa tard dans la nuit, il y eut un feu d'artifice discret qui éclaira les douves du château, des jeunes gens se baignèrent dans les eaux de la rivière, après ils firent un feu sur les berges pour se réchauffer.

À la fin de la soirée, Paul Boivin décida de leur dire enfin la vérité :

Cette fête, ils la devaient au locataire de la « maison blanche » : Monsieur Florian. C'était un souhait de sa part, une de ses dernières volontés, puisqu'il était mort, tout à fait mort, le glas avait sonné pour lui. Monsieur Florian reposait dans sa chambre, au premier étage de la maison. Demain aurait lieu son enterrement dans le petit cimetière... Ils y étaient tous conviés...

La révélation de cette mort, et les raisons de cette fête, passèrent presque pour un événement ordinaire. Personne ne fit aucun commentaire. Ni ceux du village, ni ceux « loués » pour tenir compagnie à un mort. Tous, depuis le début, la chaleur et la boisson aidant, se sentaient portés agréablement, sans chercher à suivre une histoire dans laquelle ils avaient été entraînés et qui ne les concernait pas vraiment, sans chercher à comprendre la vie et la mort d'un homme dont ils n'avaient pas même croisé une fois le regard...

Seule évidence, la cloche de l'église marchait tout à fait bien, quand le glas sonnait, cela voulait bien dire que quelqu'un était mort dans le village. Et le reste, mon Dieu, n'était sans doute qu'extravagance.

La fête dura tard dans la nuit. Au petit matin, le rythme était ralenti, personne ne dansait plus mais l'orchestre jouait toujours.

Et le lendemain ce fut l'enterrement. Il n'y avait jamais eu une telle foule dans le cimetière, tout le monde parlait, commentait sa nuit, content de se retrouver, en vieux copains déjà. Jamais non plus on n'avait vu autant d'objets hétéroclites sur une tombe, tous avaient tenu à y déposer quelque chose.

Jamais non plus, à un enterrement, on n'avait vu si peu de gens attristés. L'enterrement semblait être une suite à la fête.

Un dernier « verre » fut donné après le cimetière et tout le monde se retrouva dans la « maison blanche ». Personne ne parla du mort ni de ses dernières volontés.

Paul Boivin, après avoir fait remettre en ordre, après le dernier verre, resta une nuit seul dans cette maison. Il dormit profondément, sans aucune sorte de rêves, très fatigué par ces journées passées à obéir à un mort.

Heureusement tout était bien fini, sa dernière tâche il la remplirait maintenant : mettre les lettres à la poste, pour les amis, les parents de Monsieur Florian, toutes ces lettres dans lesquelles celui-ci leur annonçait enfin sa mort. Et cette dernière volonté accomplie, Paul Boivin partit, comme il était venu par le car de midi.

Dans les jours et les semaines qui suivirent l'enterrement, dans le village, on vit se promener les proches de Monsieur Florian, les tristes, les endeuillés, des personnes solitaires, des hommes, des femmes, mais aussi des couples, des petits groupes qui allaient du cimetière à la « maison blanche ». Ils marchaient silencieusement, s'arrêtaient devant les volets fermés, longeaient le mur de clôture, revenaient devant la porte, puis allaient jusqu'à la grille du jardin. Beaucoup de femmes pleuraient, dont une très âgée que de plus jeunes soutenaient. Une jeune fille resta un après-midi entier sur les marches du perron, elle ne repartit qu'à la nuit.

Ces visites eurent lieu durant plusieurs mois, puis elles s'espacèrent, se raréfièrent. Comme se raréfia le nombre des visiteurs.

La « maison blanche » fut louée à une famille de Paris.

Une année passa, presque plus personne ne revint au village pour faire la visite du cimetière à la « maison blanche », à l'exception de l'homme au feutre noir, il le portait toujours. Paul Boivin revenait régulièrement tous les mois. Les gens du village le saluaient, l'invitaient à boire un verre et lui parlaient encore de cette fête comme l'un des plus joyeux moments du village…

Paul Boivin prenait plaisir à entreprendre une fois par mois le voyage, il arrivait par le car de midi puis faisait le trajet « de la maison blanche au cimetière ». Sur la tombe, il déposait des fleurs. C'était devenu un rituel qu'il ne manquait sous aucun prétexte. Il était désormais le seul à faire cette visite à Monsieur Florian, et Paul Boivin en arriva même à désirer revenir le plus souvent possible dans ce village, envisageant de faire le voyage plus d'une fois par mois. Il se sentait bien ici, pourquoi n'y resterait-il pas plus longtemps ? Et si la « maison blanche » se trouvait à nouveau libre, les occupants actuels ne semblant guère l'apprécier, Paul Boivin se déciderait sûrement à la louer…

Oiseau de passage

Lucia avait dû, autrefois, accepter leurs conditions. Que pouvait-elle espérer d'autre ? Elle était dans son tort absolument, aussi n'avait-elle pas élevé la voix et s'était-elle éloignée d'eux. Lucia n'avait plus qu'à disparaître encore une fois de leurs vies... Elle les avait déjà quittés un matin et s'était enfuie pour quelques semaines, après il n'y eut aucun pardon. On l'avait exclue définitivement. Et si Lucia était ici à nouveau aujourd'hui, c'était en oiseau de passage, l'invitée de la chambre au bout du couloir. On lui avait réservé cette pièce sombre, la chambre qu'elle-même avait installée en « chambre d'amis » quand elle vivait dans cette maison, et en était la maîtresse, comme on dit.

« ... La maison j'abandonne, les meubles j'abandonne, le canapé de velours sur lequel nous avions fait l'amour un après-midi d'hiver... j'abandonne... La pendule laide qu'il aimait tant, je lui laisse. Et cet enfant, oui, cet enfant, le nôtre, si chaud, si léger dans mes bras, qui me réveillait toutes les nuits, lui aussi je l'abandonne… Pour lui seul il sera cet enfant, je ne le mérite plus, tu me l'as dit. Je ne mérite plus rien. Je dois quitter à jamais ceux que j'avais oubliés momentanément. »

Lucia était partie un matin, après avoir rangé la maison, préparé le repas de midi pour son mari et confié l'enfant aux voisins. Il avait quatre mois. Par la suite, elle n'osera même pas se souvenir de son prénom. Lucia l'avait éloigné de sa mémoire, l'avait rejeté fort loin. Quel enfant ? À quelle question devait-elle répondre ? Ah, oui, bien sûr, un enfant, mais tout cela devait appartenir à une autre vie, à une autre Lucia…

Elle était donc partie un lundi matin. Elle les avait abandonnés tous les deux très exactement trois semaines, deux jours, huit heures et trente-trois minutes. Ces dernières heures avaient compté plus que tout. Lucia avait beaucoup hésité avant de revenir chez elle et, même le jour de son retour, elle avait perdu du temps, rebroussé chemin un moment puis avait repris la route, mais s'était arrêtée encore dans un café, s'était promenée dans un bois. Elle voulait arriver à la nuit noire, cela conviendrait mieux pour son retour, Lucia espérait que la nuit serait propice au pardon.

« Tous les volets fermés, juste une lumière au premier dans sa chambre… Je passe par-derrière, je frappe à la porte de la cuisine et quand mon mari me voit, il crie “Trop tard”, même avant de m’ouvrir la porte, il hurle à travers la vitre de la fenêtre.

« “Trop tard, je ne veux plus de toi. Si tu m’avais appelé une seule fois pendant ces trois semaines, si encore j’avais su où tu étais, si j’avais pu espérer te revoir un jour... J’ai attendu, attendu et puis...” »

Lucia avait trop tardé pour son retour.

Son mari avait été parfait pendant trois semaines, deux jours, huit heures. Il avait dit qu’elle était partie chez sa mère malade. Il avait échafaudé une histoire tout à fait plausible sur cette maladie, une histoire qu’il nourrissait un peu chaque jour par des anecdotes nouvelles, des complications secondaires, finissant par y croire et par imaginer Lucia, au chevet d’un lit dans une petite ville de province.

Mais ce soir-là, le soir du retour de Lucia, il n’avait plus inventé, n’en pouvant plus, tout simplement, de ces jours passés à l’attendre, cela faisait trop de silences, et même ses mensonges, son affabulation ne le distrayaient plus ; il se sentait épuisé par son malheur, alors, le plus naturellement du monde, cette vérité qu’il avait cachée des semaines entières, cette vérité il avait fini par l’avouer à sa femme de ménage qu’il connaissait à peine, elle avait été engagée deux jours plus tôt.

Juste une phrase et tout avait été dit, beaucoup plus rapide que ses mensonges qui lui prenaient des heures entières de digression. Cette confession si brève l'avait soulagé et, sur son élan, il avait appelé ses parents, des amis, pour répéter inlassablement la même histoire qui se résumait si bien :

... Lucia était partie avec un homme rencontré il ne savait même pas où, elle les avait plantés là, lui et le bébé, elle les avait oubliés tout à fait, sacrifiés à un homme sur lequel il ne mettait aucun visage, quelqu'un de presque abstrait, dans un flou de cauchemar, que Lucia avait rejoint dans un ailleurs... aspirée au loin, si loin de lui...

Lui, qu'on le quitte, cet époux si terne, cela n'avait étonné personne, personne ne s'en était vraiment ému, il avait une tête à ça, mais que Lucia abandonne ce bébé hurlant dont on ne savait quoi faire. Il fallait une punition pour Lucia à la hauteur du dommage qu'elle leur avait causé à tous.

Chassée donc, déchue de ses droits maternels, éloignée de leurs vies, celle qui était revenue un soir tranquillement s'asseoir à la table, une demi-heure trop tard. Lucia avait été renvoyée dans la nuit même, elle était repartie définitivement, elle avait disparu pour des années cette Lucia qui l'avait fait tellement souffrir. Il avait espéré que de temps en temps, de loin en loin, elle leur ferait une visite, mais Lucia n'était jamais revenue.

Et voilà que huit ans plus tard, il s'était heurté à elle dans une rue d'un quartier où il n'allait jamais.

« Heurté » est le mot exact. Il tournait la tête pour regarder une vitrine et il était entré de plein fouet dans une femme qui ne regardait pas non plus devant elle. Il ne l'avait pas reconnue tout de suite. Un tel air d'austérité, les cheveux tirés... Se pouvait-il que ce fût Lucia cette personne qui se tenait bien raide... ?

Lucia en habit de deuil, lui sembla-t-il, sobrement mise, une autre en somme, méconnaissable, qui lui souriait. Ce sourire lui chavira le cœur. Il demanda :

— Qu'es-tu devenue pendant tout ce temps ?

— J'ai essayé de me tenir droite...

Il reconnaissait bien là les formules de Lucia.

— Tu as beaucoup changé, tu sais. Tu es en deuil ?

Ça la fit rire.

— Dans une certaine manière... Un deuil oui, répondit-elle.

— Tu es toujours aussi belle...

Jamais il ne lui avait parlé ainsi. Jamais il n'avait employé cette sorte de compliment. On le sentait ému, prêt à faire des confidences, presque une déclaration d'amour, ainsi au milieu de la chaussée.

— J'aurais dû te garder... trop tard. Je me suis remarié maintenant, et puis c'est mieux ainsi. Tu m'aurais encore fait du mal. Je suis plus tranquille sans toi. L'amour c'est dur, c'est difficile. Il vaut mieux s'en passer... Mon Dieu... l'amour...

Il employait des mots nouveaux pour lui, il s'exprimait différemment. Quant il parlait de l'amour il donnait l'impression d'avoir mal et paraissait pitoyable dans les vêtements de ce notable qu'il était devenu, très chic, et rétréci tout à coup, si distingué, le chagrin l'avait rongé à l'intérieur, il n'avait plus que la peau et les os et un costume gris.

Tout de suite, il invita Lucia à venir « chez lui », puis il se reprit.

— Où on habitait ensemble. Je suis toujours dans la même maison, j'ai une autre femme, je te l'ai déjà dit mais ça ne fait rien, on ne dira pas que c'est toi... Et l'enfant ?

— L'enfant ? demanda Lucia.

— Il va très bien, très bien. Il croit que tu es partie définitivement, que tu es... Tu n'as jamais plus donné signe de vie... Tu avais droit à des visites...

Il avait dit « l'enfant ». Il ne l'avait pas appelé par son prénom, pour garder il ne savait quelle distance, pour le rendre presque étranger à lui et à elle.

— Tu es d'accord, tu viens en invitée, amie ou parente, je trouverai une histoire. Viens en week-end, le prochain, si tu veux...

Il insistait tellement, l'idée de l'emmener dans la maison semblait lui faire un tel plaisir.

— Viens, je t'assure. J'irai te chercher à la gare, au train de midi. Tu te souviens, c'était le train de... C'est vrai, tu as changé. Personne ne te reconnaîtra. Tu n'as plus tes beaux cheveux roux.

Tu les as coupés si court... On t'a oubliée... Et nos voisins sont partis. Mais toi? Qu'es-tu devenue pendant tout ce temps-là? Où habites-tu? Tu vis toujours avec... excuse-moi. J'ai oublié son nom. Tu es toujours avec lui...

— Non, répondit Lucia.

— Il est mort. Ces habits de deuil?

— Non, pas de deuil, du noir c'est tout. Je l'ai quitté.

Et cela lui fit de la peine comme s'il était abandonné une seconde fois. Ce sentiment, il eut du mal à l'analyser mais il aurait été rassuré si Lucia avait vécu encore avec « l'autre », tandis que là, sous ses pieds, il ne sentait plus que des sables mouvants.

Décidément venant d'elle, rien ne pourrait jamais l'apaiser; Lucia, il ne la comprendrait jamais.

L'invitation ayant été acceptée, Lucia arriva donc par le train de midi, comme convenu, pour passer le week-end dans son ancienne maison. Il vint la chercher à la gare. Il était seul.

— Et l'enfant? demanda Lucia.

— Il est à son cours de piano.

À sa nouvelle femme, il présenta Lucia comme une cousine revenue de l'étranger qu'il avait rencontrée par hasard dans la rue. Il racontait cela en s'amusant.

— Nous nous sommes cognés, je regardais une vitrine. Quel choc! Je ne pensais pas que nos têtes fussent aussi dures. Tu as vu mon bleu? demanda-t-il à sa femme.

Il n'avait pas craint de se grimer. Son goût de l'affabulation le reprenait. Il inventa à Lucia un mari qu'elle avait « laissé dans la pampa ». Pensait-il à lui-même en disant cela? Il brodait tant et si bien sur ce mari présumé de Lucia, qu'elle avait abandonné au loin sur ses terres, que Lucia le trouvait plus amusant qu'autrefois.

« Le malheur en somme lui a fait du bien », pensa-t-elle.

— Et l'enfant? Où est-il cet enfant?

— Il a eu huit ans, précisa la nouvelle épouse à Lucia.

Comme autrefois, dans ce salon, tout était bien à la même place. Lucia ne pouvait détacher son regard de ce lieu où rien n'avait changé. Les fleurs étaient sur le piano, mêmes fleurs, même vase. Lucia en arrive à douter qu'il se soit écoulé tant d'années ici. A-t-elle jamais bougé de cette fenêtre?

Il faudra fuir encore, mais Lucia se rassure, cette fois, elle est l'invitée. Elle ne fera que passer.

Et l'enfant?

Il doit arriver bientôt. Son cours de piano finit à midi et demi.

Et ce couple si prévenant, et cet homme si aimable qui regarde Lucia comme s'il la voyait pour la première fois...

Lucia croise les jambes, en visite.

Que fait-elle ici près du piano droit ?

Et l'enfant ? Il arrive enfin, il entre dans la pièce puis s'immobilise à la porte.

Cet enfant, là-bas, avec sa tignasse rousse.

« Qu'as-tu fait de tes beaux cheveux ? » avait-on demandé à Lucia.

« Tu n'as plus tes beaux cheveux roux. Tu les as coupés. C'est dommage. »

Et cet enfant qui la regarde sans bouger a des cheveux semblables aux siens autrefois. Lucia ne voit que ce roux flamboyant comme électrique, dérangeant dans cette pâle lumière du salon. Cela la rassure, elle se retrouve après tant d'années. Lucia s'attendrit sur elle-même, ce qui l'amène à s'attendrir sur cet enfant, c'est bien lui, c'est bien moi. Lucia se familiarise en reposant les yeux sur cette couleur rousse des cheveux qui fait une tache si violente près de la porte.

L'enfant se tient toujours immobile et la regarde.

— Dis bonjour.

Et l'enfant ne bouge toujours pas et reste près de la porte.

— Dis bonjour...

Il hésite, puis sourit à Lucia et vient vers elle. Il se rapproche cet enfant. Lucia n'ose pas penser « le mien ». Elle prend peur car il avance encore. « Qu'il passe au loin. Qu'il garde ses distances. Qu'il reste sur l'autre rive... »

Comment se protéger de lui, il avance, il progresse, il est si près cette fois, si près à la toucher, il avance toujours comme s'il allait à nouveau entrer en elle, se glisser dans son corps pour s'y cacher à jamais et retrouver sa place première.

Quel poids tout à coup pour Lucia. Difficile de se tenir debout avec cette lourdeur-là.

Pourra-t-elle fuir alors ?

Lucia se mord la lèvre jusqu'au sang.

Cette douleur l'éloignera d'une autre douleur, de cette pesanteur trop insupportable pour elle.

— Bonjour, dit l'enfant qui s'est arrêté devant Lucia et la regarde en souriant ; puis il s'éloigne et va rejoindre ses copains qui l'attendent dans le jardin.

Dans sa bouche, Lucia a un goût de sang. Elle essuie sa lèvre avec un mouchoir. Une main lui touche l'épaule. Il était temps, juste au moment où elle se sentait tomber.

Maintenant dans le jardin, l'enfant joue au ballon.

On avait donc installé Lucia dans cette chambre qu'elle appelait autrefois celle du « bout du couloir », seule pièce de la maison qui n'avait pas été repeinte. « Seule chambre d'amis mais nous ne recevons plus d'amis », avait dit la nouvelle épouse, toute rétrécie elle aussi, si rigide, comme lui, son ancien mari, si digne. « Ils ne doivent pas s'éclater tous les jours ces deux-là », pense Lucia.

Dans le tiroir du haut de la commode, il y a l'album. Son image a été enlevée des photos de groupe, brûlée quelquefois ou découpée soigneusement.

Sur une photo noir et blanc, Lucia est assise dans un pré.

On n'a pas simplement découpé son visage mais son corps. C'est vrai, ce jour-là, elle était si peu vêtue, sa nudité devait être choquante dans ce pré. On ne lui avait laissé que ses pieds chaussés de baskets. Tout le reste de son corps avait disparu de la photo. Minutieusement découpé. Des pieds chaussés de baskets et des socquettes blanches. C'est bien elle. La destruction totale lui a été épargnée.

« C'est vrai. Ici personne ne pourra me reconnaître. J'ai disparu à jamais...

« ... La chambre craque. Elle a toujours ses ronds d'humidité au plafond. J'entends la tuyauterie de la chaudière à l'étage en dessous.

« ... ces bruits ne sont plus à moi, je les leur laisse. J'ai fait mon deuil de tout cela, de ces bruits, de tout le reste, bruits de la nuit, bruits du jour, le train passe, il pleuvra demain... Au matin, le voisin part à sept heures... même le samedi... C'est vrai, le voisin n'est plus là, un autre alors poussera la grille et fera sonner la clochette. Dans le jardin, le banc a des lattes cassées, je ne le ferai pas réparer.

« L'hiver nous n'allons jamais nous asseoir sous l'arbre, il fait trop froid. »

« Tous ces mots aussi je les lui laisse...

« Je ne suis plus qu'une invitée, l'invitée du week-end, celle qui arrive le samedi et repart le dimanche...

« Je suis bien enfouie dans mon lit, dans cette chambre où je n'avais jamais couché auparavant... Dans le lit on m'a mis les draps rapiécés. Je lui ai dit "tu économises" quand il est venu me dire bonsoir, car il est venu s'asseoir au bout de mon lit, il avait l'attitude de celui qui vient au chevet d'un parent malade. Mal à l'aise, en visite, ne sachant quoi dire.

« "Tu as vu, on a repeint le salon et changé le velours du canapé..." Puis il est reparti comme il était venu, sur la pointe des pieds. Il avait ajouté quand même "Cette couleur du velours du canapé, ça te plaît... ?" C'est tout ce qu'il avait trouvé à dire, attendait-il de moi une approbation sur la couleur de son existence nouvelle ?

« Il n'a pas parlé de l'enfant.

« ... J'avais éteint la lumière et fermé les rideaux et je l'attendais cet enfant, je savais qu'il viendrait. »

L'enfant est venu. Il est resté dans le noir à regarder Lucia dormir. Elle fait semblant. Jamais Lucia n'a été aussi éveillée. Elle entend sa respiration et jusqu'aux battements de son cœur.

Il tourne autour de son lit, touche ses vêtements, ouvre sa valise puis revient près d'elle, s'assoit au bout du lit. Il attend. Il guette. Puis à nouveau se lève. Lucia n'ose bouger. Il y a dans cet encerclement quelque chose d'animal. Elle retient sa respiration pour mieux être à l'écoute de cet enfant qui maintenant cherche dans ses affaires quelque indice peut-être pour savoir qui elle est... Il fouille maintenant dans ses poches. Il a dû trouver de l'argent. Lucia respire mieux. Elle se tranquillise enfin. L'argent. Ce n'était que l'argent. Elle se sent tout à coup débarrassée de cette quête affective, elle y était sensible, devenue « animal senti par son petit ».

Lucia se préparait à accepter cette reconnaissance mais il s'agit de bien autre chose. Elle peut émerger, respirer normalement.

C'est tout simple. Son enfant lui fait les poches. Ça la rassure.

— Tu as trouvé quelque chose ? Tu veux de l'argent ? demande Lucia qui ne feint plus de dormir.

Il ne s'étonne pas de la question. Il lui fait face avec un aplomb formidable. Lucia se reconnaît bien là. Elle se souvient d'avoir eu les mêmes bravades.

Il lui répond :

— T'as rien dans tes poches. T'es fauchée. Ça se voit...

Puis ils se mettent à parler tranquillement comme si depuis toujours il y avait eu entre eux une conversation interrompue quelquefois mais immédiatement reprise sans explication nécessaire.

Un dialogue commencé il y a très longtemps avec ses silences, ses redites. Plus de gêne, plus de peur de l'autre. Ils se connaissent depuis toujours.

— Tu ne diras rien à mon père.

C'est évident. Lucia lui promet.

Elle touche ses cheveux roux, passe la main au milieu pour essayer de les démêler, puis lui caresse le front, et lui dit :

— Va dormir maintenant.

Mais l'enfant ne part pas tout de suite. Il reste allongé sur le lit.

— Demain j'irai à la piscine. Tu viendras avec moi.

Demain, demain. Lucia ne lui promet rien.

Puis il s'en va, comme il était venu, très doucement. Il semble glisser sur le plancher. Il lui fait un geste de la main, « Bonne nuit ». Bonne nuit. C'est bien cela... bonne nuit. Et le sommeil viendrait et la nuit serait bonne. Tout pourrait aller bien mais plutôt tout va mal, se dit Lucia.

Il faudra fuir encore.

Lucia sort de la maison, traverse le jardin, ouvre le portail. Le jour se lève à peine. Pour l'instant le pâle soleil est derrière le clocher. Tout à l'heure il apparaîtra à droite de l'église, Lucia ne le verra pas.

Elle sera loin déjà sur le chemin de la gare. Lucia prendra le train de huit heures.

Sur un papier blanc qu'elle a laissé bien en

évidence dans la chambre, elle a écrit « Je reviendrai ».

Reviendra-t-elle ?

Aurait-elle été plus heureuse avec eux, entre le piano et la pendule ?

L'enfant bien sûr. Il y a l'enfant maintenant. Elle sait qu'aujourd'hui, il l'aurait retenue pour une vie entière, cet enfant l'a déjà capturée pour quelques instants.

Il vaut mieux fuir encore.

Lucia n'est-elle pas ici qu'une invitée ? Elle ne fait que passer.

Embrassez Fellini pour moi

Édouard était enfin tranquille. Il lui avait fallu passer tant d'années pour en arriver là, à ce calme, à cette eau dormante, pour se trouver bien à l'aise dans sa médiocrité et s'en accommoder désormais.

Plus de recherches vaines pour obtenir des rôles dignes de lui. Plus d'ambition d'aucune sorte, depuis longtemps il ne tournait plus ses yeux vers Stratford, plus d'espoir là-bas... cela ne serait jamais pour lui. Édouard avait la double nationalité anglaise et française, après Londres, il était venu vivre à Paris, sans rencontrer pour autant plus de succès dans son métier d'acteur; il se contentait maintenant de contrats d'un jour ou deux dans des films ou de tournées en province pour des rôles où il n'y avait que quelques phrases à dire. Édouard ne connaissait plus que le mauvais sommeil dans les cars la nuit et l'arrivée au matin dans la ville où le spectacle allait se produire.

Et ce salut qu'il avait l'habitude de se donner tous les jours pour s'encourager, en se regardant dans le miroir, le salut de Marlène à Gary dans

Morocco, les deux doigts posés sur le rebord d'une casquette imaginaire, ce salut, Édouard ne se l'adressait plus. Aucune raison, pour passer les heures à venir, de s'encourager davantage, et même son regard, il ne le cherchait pas dans le miroir. Édouard ne voulait plus se voir. Il se disait : « Je vais souffler enfin. Je me repose pour l'instant. J'abandonne... »

Et cette décision de ne plus vouloir n'avait même pas été dramatique.

Aucune aigreur insupportable, aucune de ces amertumes qui donnent au ciel une couleur invariablement vert bronze, et à l'eau un goût de métal.

Le repos enfin, il le trouverait au bout de tant de peine que lui avait causée le constat de n'avoir pas été à la hauteur de ses ambitions. Et le repos viendrait. Édouard acceptait dorénavant l'idée de ne pas être un grand acteur. Cette évidence le laissait plein de langueur, de vague à l'âme, du vague tout simplement, sans réelle douleur, plutôt un soulagement d'être arrivé au bout, tout au bout de lui-même, de pouvoir ainsi se reposer un long moment, mais étonné, après un constat si terrible, de n'avoir pas le goût absolu du désespoir.

Édouard était parti en tournée, pour Bordeaux, dans un de ces spectacles où il avait trois fois dix phrases à dire, une au milieu, et deux à la fin de la pièce, pièce dont il ignorait même le titre, préoccupé simplement par le texte qu'il avait appris. Entre le deuxième et le dernier acte, Édouard avait du temps libre, avant de revenir sur scène pour dire :

« Je vous assure... le soir du 8 juillet, j'étais bien chez moi avec ma fille... nous avons vu un homme s'enfuir sur les toits... » (Édouard doit alors tousser plusieurs fois) « ...Cet homme avait un chapeau noir en feutre et à la main droite, une canne... »

C'était tout, mais bien suffisant pour lui. Ces phrases lui permettaient de se tenir encore droit, pour combien de temps il ne savait, ne cachant pas qu'après ce spectacle, il n'avait plus aucun projet. Cette pièce serait sans doute sa dernière prestation sur la scène, après Édouard prendrait un emploi de gardien dans un immeuble. Il avait même une certaine chance d'avoir trouvé ce travail pour continuer d'exister un peu... Il faut bien vivre! Le fallait-il vraiment? En tout cas, il affirmait s'être fait à l'idée de l'échec dans son métier d'acteur, mais personne ne le croyait quand il tenait de tels propos, en affichant un air presque réjoui. Il forçait trop sur la joie. Mauvaise composition en somme.

Dans cette comédie qu'il jouait en tournée, Édouard avait environ trois quarts d'heure de temps libre entre ses répliques du deuxième acte et celles de la scène finale. Le temps d'aller le long de la Garonne, sur les docks, dans un lieu appelé : le

Port de la Lune. Des quais déserts à cette heure de la nuit. Il se voyait déjà voguer au grand large. Et la lune apparaissait tout à fait ronde, tout à fait pleine, elle n'avait pas ménagé ses effets... dans ce Port de la Lune. Beaucoup trop d'effets pour fêter l'échec de son existence.

Et Édouard attend, il ne sait quoi, prêt en tout cas pour la séquence suivante qui tarde à venir ou ne viendra pas. Séquence finale. On réglerait les éclairages. On l'appellerait. Il ne devait pas rater ça. La place d'Édouard serait marquée au sol. Et son nom hurlé au porte-voix. On l'appellerait encore...

Ainsi, tout se déroula, jusqu'à l'éclairage de cinéma avec cette lune énorme. Effectivement on criait son nom. On l'appelait vraiment. Au bout du quai, Édouard vit un homme courir, agiter ses bras dans tous les sens, aller vers le premier entrepôt, puis le second, courir encore en hurlant « Édouard... Édouard ». Pas l'heure pourtant de retourner au théâtre. Encore une demi-heure. Que lui voulait-on ? Que se passait-il de si important pour qu'on vînt le chercher jusqu'ici ?

Édouard finit quand même par crier qu'il était tout au bout du quai 10.

Jo arriva, une tête de messager heureux. « Sale sourire de toute manière. Sale tête », pensa Édouard.

— Vite ! Appelle Paris, ton imprésario. Tu dois rentrer tout de suite, prendre le train de minuit pour être demain matin dans son bureau...

« C'est bon. » Édouard ne se pressa pas. « J'ai

tout mon temps. » Il lui restait encore vingt minutes avant de retourner au théâtre, pour sa dernière réplique. Ce soir, il ne se priverait pas de la douceur de la nuit, de la tiédeur du soir. Ici le spectacle n'était réglé que pour lui, c'était bien ce qui pouvait arriver de mieux, Édouard ne croyait pas au reste. Un sale tour qu'on allait lui jouer, une provocation ultime, encore un espoir vague, et pour finir la rage et le chagrin.

Au lieu de dire dix phrases et d'avoir trois répliques, on lui proposerait deux pages entières, avec des silences et des soupirs, des jeux de scène, un rôle de composition...

La gloire quoi... quelques minutes pour lui dans l'image, un quart d'heure peut-être... Et il faudrait alors se presser, se tendre, s'essouffler encore, s'essouffler toujours pour un petit mieux dérisoire.

Édouard ne retourna au théâtre que quelques instants avant son entrée en scène. Il s'avança bien dans les lumières et posément dit les répliques. Sur son dernier mot devait démarrer la bande musique, un air d'accordéon annonçait la fin de l'acte. Tout se passa comme d'habitude, la routine. Puis il alla se changer dans sa loge. Édouard n'avait aucune hâte pour appeler son imprésario. À dix heures et demie du soir, il ne pourrait le joindre que chez lui. Ce qu'il fit après avoir auparavant mangé un sandwich et bu un verre de vin.

Édouard ne se pressait pas. Il faisait tout avec le plus de lenteur possible.

« Extraordinaire », disait la voix au bout du fil. « Extraordinaire », répétait son agent.

— Tu prends le train. Il y en a un vers minuit. Il faut que tu sois chez moi demain matin, le plus tôt sera le mieux. Devine qui te veut dans son prochain film ? Il t'a vu dans *Grenadine*... Tu m'entends ?

Grenadine... Ça datait déjà de quelques années, Édouard avait eu quatre jours de boulot et beaucoup d'éclats de rire. Il s'était bien amusé pendant ce tournage, mais jamais ne s'était vu en projection. Édouard n'aimait pas se trouver face à son image, aussi préférait-il le théâtre.

Au téléphone, la voix de son interlocuteur était tonitruante, mais gaie pour une fois, et cette voix allait si mal à Monsieur Paul qui était l'homme le plus triste de sa profession.

— Enfin tu m'écoutes ? Tu ne dis plus rien. T'es toujours là quand même. Je vais te dire le nom de ce metteur en scène qui te veut absolument... Fellini... Tu te rends compte... Fellini... Tu commencerais tout de suite. Tu as une de ces veines. Ce n'est pas un petit rôle, pas du tout, le rôle principal, mon vieux. Tu te rends compte. C'est inouï, je n'en reviens pas moi-même. Prépare-toi... Prends le train de minuit... Tu ne dis rien ?

Édouard ne disait rien en effet.

— Est-ce que tu réalises vraiment ?

Édouard réalisait tout à fait. Il lui fallut d'abord sortir de sa poche un mouchoir pour essuyer ses mains moites.

— Enfin ! Tu m'entends ? Tu es encore là ? criait la voix.

— Il me faut du temps. Il faut que je réfléchisse.

— Que tu réfléchisses ?

Édouard raccrocha l'appareil. C'était trop pour lui... Un sacré coup subitement. Un tel choc. « Oui il faut que je réfléchisse. Il doit y avoir un piège. On essaie de m'attraper... On essaie de me faire tomber dans un précipice, juste au moment où j'arrive à me tenir en équilibre au-dessus du gouffre.

« Trop tard. Beaucoup trop tard. Je n'aurai plus la force. En moi c'est tout usé, tout sombre. Comment me regarder, me faire face, moi au premier plan, plein écran. J'ai fini par m'accommoder d'être toujours derrière... »

Des copains étaient venus retrouver Édouard près du téléphone. Il n'avait pas changé de place depuis qu'il avait raccroché.

— Je ne partirai pas ce soir. Je ne pourrai faire un aller et retour si rapide. Demain soir, je dois être là. J'ai mes répliques dans le deuxième et le troisième acte.

— Enfin, tu rigoles, tes répliques. Parlons-en de tes répliques, lui dit Jo, même le machiniste peut les dire à ta place... ou Maurice. On lui met des moustaches et le public n'y verra que du feu. Tu crois qu'il vient pour toi le public ! Tu veux rire !

Mais Édouard ne riait pas du tout et répéta :

— J'ai mes répliques...

J'ai mes répliques. Et impossible de lui tirer quoi que ce soit d'autre sur la conversation qu'il venait d'avoir au téléphone, ni quel était ce rôle, ni la production, ni le metteur en scène, ni l'argent qui viendrait couronner un contrat qui ne pouvait être que faramineux...

Mais rien. On ne tira rien de lui.

Édouard retourna à l'hôtel, après être toutefois passé par la gare.

Il avait un train à minuit et il avait tout le temps de le prendre.

Édouard entra dans un compartiment, s'assit à une place. Il fit en somme comme s'il partait. Il acheta des journaux, un sandwich, une bouteille de vin, des cigarettes, il avait bien fait attention de choisir le compartiment fumeurs. Puis s'installa dans le sens de la marche.

La seule raison qui le motivait, qui le passionnait, c'était de rencontrer Fellini. Pour lui, oui, Édouard se préparait au voyage, croisait les jambes, prenait les poses du passager qui a un but enfin, qui sait ce qui se trouve au bout de la route. C'était important d'être, ce soir, ce voyageur-là.

Voir Fellini, lui parler. Oui... Un but évident pour le départ, mais le reste par contre ne lui sembla que douleur. On allait l'étirer dans tous les sens, l'écarteler, le broyer pour toujours, pour arracher de lui-même ce qu'il avait fini, après tant d'efforts, par oublier.

On ne lui fera pas le coup cette fois. Trop de douleurs tout au bout. Trop de larmes peut-être. Quel sale goût dans la bouche. Trop de fatigue...

Je ne cours plus... J'ai déjà tant de mal à marcher...

Édouard descendit du compartiment, quelques minutes avant le départ du train. Il rentra à son hôtel.

À la réception, il y avait des messages pour lui. Deux de Monsieur Paul, un de Floria, un de Milon. Et dès qu'il se trouva dans sa chambre, le téléphone sonna sans arrêt. Édouard finit par décrocher. Monsieur Paul, son agent, l'engueulait cette fois, il hurlait au bout de fil.

— Tu as raté le train. Prends l'avion. Le premier demain matin. Tu m'entends. Il faut que tu sois là très tôt. Sans faute. Je le répète : sans faute.

— Je ne viendrai pas, répondit très calmement Édouard.

— Tu ne viendras pas ? Pour quelle raison tu ne viendrais pas ? Je te paie l'avion. Tu joues déjà à la vedette. Vous êtes tous pareils...

Il l'implorait maintenant d'accepter. Il retrouvait sa voix triste qui lui allait fort bien. Monsieur Paul était un triste de toute manière, et pour lui Édouard eut quelque peine, mais refusa de partir le soir même et demain et tous les autres jours.

— Je ne comprends pas. Tu ne veux pas faire ce rôle...

L'autre avait effectivement du mal à réaliser qu'Édouard opposait un non catégorique et qu'il refusait le rôle, et tous les autres à venir, surtout les prestigieux, mais n'avait aucune argumentation pour expliquer cela. Il se contentait simplement de dire :

— Ici, vous savez, j'ai mes répliques dans l'acte II et III.

Monsieur Paul hurlait de plus en plus, il répétait sans cesse : « Il est devenu fou. Il faut l'enfermer... Fou. Fou. »

Monsieur Paul finit même par pleurer. Il pleurait vraiment, il évoquait l'état désastreux de ses finances, qu'il était fini, au bord du suicide et s'il en était là, c'était à cause d'acteurs comme lui... qu'il avait toujours eu affaire à des malades, comme Édouard, à des ratés sans talent qui ne savaient pas saisir leur chance...

Et en désespoir de cause, à bout d'arguments, il lui parla de Floria. Il avait eu une conversation avec elle. Floria le suivrait sur le tournage, s'occuperait de lui... Elle ne le quitterait pas...

— Floria va t'appeler. Elle va t'appeler...

Édouard prit du temps pour répondre encore une fois ce qu'il lui avait déjà dit tout à l'heure.

— Non. Je ne le ferai pas. Mais surtout dites bien à Fellini que je le remercie. Vous n'oublierez pas, je compte sur vous...

Puis il raccrocha.

« Adieu Fellini. J'aurais bien aimé te voir... mais ici j'ai quelques phrases à dire et personne ne pourra le faire pour moi... Ces mots je m'y cramponne. Ils me rassurent. Ces quelques répliques m'aident. Ça me suffit. Et toi, tu n'auras pas de mal à me remplacer, mais ici personne ne pourra faire ce que je dois faire. Tu sais, c'est le rôle de Fred que j'aurais aimé, il était pour moi, c'est Mastroianni qui l'a eu. Je ne lui en veux pas bien sûr, mais moi aussi j'aurais été parfait. Alors, je me tenais encore droit, je me saluais dans le miroir, mais aujourd'hui, je suis au bout de moi, tout usé. Il y a danger. Je dois me ménager. Il ne me reste plus que moi. Ce n'est pas le moment de s'abandonner. Tu peux comprendre, j'en suis sûr. Toi, tu sais tout cela.

Je n'ai plus la force de souffrir, ni d'être heureux. Cette joie tout à l'heure m'a effrayé, elle m'a fait plus de mal que de bien. Je ne pouvais la supporter. J'ai mis tant d'années à m'accommoder de l'ordinaire, maintenant je ne veux plus rien troubler.

Chaque chose en son temps, chaque émotion à son heure. C'est l'heure du repos. Tout est passé pour moi... »

Monsieur Paul appela encore dans la nuit. Édouard lui répéta son refus mais il tint à lui préciser :

— Surtout... embrassez Fellini pour moi... Dites-lui que c'est Fred que j'aurais aimé jouer... À l'époque encore, je me...

Et cette fois, ce fut Monsieur Paul qui raccrocha.

Celui qui devint lourd

Sur son carnet, il écrit rarement ou n'écrit que dans la marge, laissant la plus grande place au dessin, mais à cette date du 8 décembre, Ludovic B. note quelques phrases et colle entre ces phrases des papiers découpés aux croquis très simples, presque naïfs. Il ne peut faire mieux, sa maladresse lui convient.

Son dessin : une maison, une allée colorée en rouge, un petit bonhomme avec une casquette sur la tête, ce petit bonhomme est assis au bord de l'allée, et dessous il note : « Je ne sais pas ce qui me pousse quelquefois à aller tout au bout de ce qu'il y a de plus négatif en moi, à m'enfoncer au plus profond du noir, à... » La phrase n'est pas finie. Il n'y a pas de couleur noire dans ce dessin, la porte de la maison est verte. Cette maison n'a pas de fenêtre.

Ludovic B. fait ce dessin à la fin d'un après-midi de décembre, juste avant de se rendre à Paris. Pas de rendez-vous précis, simplement un aller et retour en voiture, pour passer les heures de la nuit. Un besoin de déplacement, de mouvement, cela lui arrive quelquefois, alors il part. Et malgré le brouillard épais, il n'y renonce pas. Avant de prendre l'autoroute, il doit traverser un quartier assez désert dans lequel il prend toujours le même chemin, il a ses repères. Mais ce soir, le parcours est modifié, le trajet est dévié. Tout d'abord des travaux, des palissades, puis une flèche qui le guide dans un passage et au bout, une rue barrée qu'il ne peut prendre ; il s'engage alors, à droite, dans une avenue mal éclairée, à la chaussée défoncée. Une suite d'obstacles qui l'obligent à la plus grande attention. Au bout de cette avenue à l'unique maison de briques, une rue plus étroite bordée sur la gauche d'un mur de clôture, puis dans le prolongement de cette rue, une voie pavée en sens interdit, et là, au lieu de freiner, au lieu de prendre la rue à droite fléchée, il accélère et s'engage dans le sens interdit. Cela peut arriver, quoi de surprenant si ce n'est qu'il agit avec rage et devient agressif, rien ne l'arrête dans cette fureur soudaine. Il fonce droit devant, il avance à toute allure dans ce brouillard. Plus question de ralentir, de faire demi-tour.

Une voiture surgit devant lui... Il l'évite de justesse. Une deuxième aussi, il ne freine toujours pas, au lieu de se comporter comme il aurait dû, il fait exactement le contraire, avec délectation, plus moyen de ralentir. Tout va très vite désormais. Tout s'accélère.

Ludovic B. roule maintenant bien au milieu de la chaussée pour faire face à ceux qui sortiront du brouillard.

Et voilà ce cycliste, habillé de rouge vif, arc-bouté sur un vélo rutilant, une mécanique bien chromée qui avance lentement vers lui, si lentement, immobile presque, statufiée au milieu de la chaussée. Belle silhouette découpée, sorte de gardienne de la route qui bascule en un instant et se brise, se désarticule. Il n'a même pas cherché à l'éviter.

Et le cycliste sous le choc décolle de sa machine, s'envole dans les airs, plane on dirait, avant de retomber sur son guidon, puis tous deux, l'homme et la machine, à nouveau ensemble, mais disloqués, roulent encore un moment puis disparaissent, s'évanouissent plus loin dans le brouillard où ils s'écrasent. Il ne peut voir la fin de la course mais entend la chute.

Tout cela si vite, ramassé dans le temps et dans l'espace. Difficile de préciser plus le choc et la voltige, les sons, les images. Du rapide et du lent, un moment à la fois distordu et amplifié.

Ludovic B. ralentit quand même, baisse la vitre de sa portière et marque un temps. Il attend, il ne sait quoi, mais attend et ne fuit pas tout de suite, pas tout de suite, ça il en est sûr, moins sûr de lui quand il affirmera plus tard ne pas avoir entendu les cris mais seulement le bruit de la roue du vélo qui tourne de plus en plus au ralenti. Pas de cris, pas d'appels, pas de gémissements, pourtant Gino dira plus tard que le cycliste hurlait.

Gino s'est trompé ou a menti pour arranger son histoire, l'accommoder à sa manière.

Puis Ludovic B. fuit. Il prétend qu'alors il n'a eu aucune pensée particulière si ce n'est celle d'un vide glacé.

Il fuit à toute allure, fonce dans la nuit pour s'éloigner de ce froid-là, de ce lieu sibérien dans lequel justement il n'entend aucun cri.

Sur la route devant lui, il n'y a rien, il ne voit rien de toute manière et avance à l'aveugle dans ce brouillard, mais derrière des phares l'accompagnent à distance. Ces lumières, lointaines au début, deviennent plus dérangeantes, elles se rapprochent jusqu'à l'éblouir. Cette voiture ne le quitte plus et l'aveugle, puis elle le double en l'obligeant à se rabattre sur le bas-côté.

Et de cette voiture sort un homme qui vient vers lui, il s'approche de sa portière et frappe à la vitre. Cet homme, plutôt ce jeune homme, que Ludovic B. n'avait jamais vu auparavant, lui parle d'une voix calme, amicale, comme la suite d'une conversation très ancienne.

— Tu as eu raison de ne pas t'attarder... moi non plus je ne supporte pas la vue du sang, je ne supporte pas la souffrance non plus, je suis d'une nature très délicate... Dans quel état tu l'as mis. Vraiment tu ne l'as pas raté. Que dirais-tu de boire un verre, tu es tout pâle...

La voix est posée, grave, cette voix tutoie Ludovic B., tout simplement.

— Je range ma voiture et je monte avec toi, poursuit-il.

Et il fait ce qu'il a dit. Le jeune homme range sa voiture dans le chemin de traverse, la ferme à clef et a un geste que Ludovic B. ne comprend pas tout de suite et qui l'étonne. Le jeune homme, qui dira plus tard s'appeler Gino, après avoir fermé sa voiture, jette ses clefs dans le fourré et lui annonce :

— Je n'en aurai plus besoin…

Puis il s'installe près de lui, sur le siège avant.

— Tu l'as sans doute tué, finit-il par dire, sans aucun reproche dans la voix, une constatation simplement.

Ni l'un ni l'autre ne parle de porter secours au blessé et de retourner sur les lieux de l'accident pour voir ce qu'il est advenu de lui. Ils n'évoquent même pas cette possibilité.

— Il a hurlé un moment puis après s'est tu… j'ai horreur du sang… Toi aussi sans doute…

Seulement alors, Ludovic B. regarde son nouveau passager, assis si près de lui sur la banquette, aucune caractéristique particulière. Un jeune homme, en veston avec une chemise à col ouvert. Il doit avoir froid. D'ailleurs il prend le manteau de Ludovic B. sur la banquette arrière, cherche dans les poches, trouve des cigarettes, en allume une, puis garde le manteau et le met sur ses épaules, sans demander quoi que ce soit, comme si ce manteau avait toujours été à lui. Puis il relève le col, fouille encore dans les poches, celles intérieures cette fois, et l'agenda qu'il trouve… le jeune homme le feuillette, sans manifester aucune gêne auprès de son propriétaire…

« C'est ainsi qu'il est entré dans ma vie, tout de suite à l'aise, familier, tranquille. Non, je ne suis pas en train de vous raconter l'histoire de mon double, une sorte de Hyde bien identifiable puisqu'il apparaissait au moment où je me comportais comme un salaud, non ce n'est pas cela, ni l'histoire de "l'œil était dans la tombe et regardait…". Pas cela non plus. Lui, Gino, c'était tout simplement une petite fripouille et moi, je ne valais guère mieux à cet instant, pas beaucoup plus que lui.

« Donc pas de Hyde, pas d'œil dans la tombe… rien de tout cela, si vous vous attendiez à une aventure semblable, vous serez déçu, il s'agit de bien autre chose… Une question de poids, vous voyez la différence entre le léger et le lourd, mais c'est encore un peu tôt pour vous en parler…

« Il m'offre une de mes cigarettes, l'allume. "Si on repartait", dit-il.

« Il suggère une route à droite qui passe à travers champs. On n'y voit pas à un mètre. Le brouillard est toujours aussi épais.

« "Il a dû se vider de tout son sang. À moins qu'il ne soit mort tout de suite. Dès qu'on est mort, on ne saigne plus. J'ai lu ça quelque part… C'est vrai, tu crois ?"

« Dernière allusion au cycliste que j'avais renversé, après il n'en parla plus.

« Le passager prend mon écharpe et la noue autour de son cou. Il se comporte comme si désormais ce qui est à moi lui appartient. Il me dit “Je ne te quitte plus”. Aucune demande d'argent pour le prix de son silence. Non, ce n'est pas de l'argent qu'il veut.

« “Je ne te quitte plus. Je ne demande rien d'autre que de passer quelques jours avec toi, quelques semaines peut-être, quelques mois... Si tu es fatigué, je conduis. Tu serais mieux derrière. Tu peux t'y installer confortablement. Ta voiture me plaît. Allonge-toi... On a de quoi boire. Il y a de la musique aussi... mais si tu préfères dormir. Tu dois être fatigué. Les émotions, ça fatigue... On va où tu veux...”

« Tant de sollicitudes, pour prendre en fait ma place...

« Mon passager avait pour moi les plus grands égards...

« Et ainsi qu'il le suggère, je m'installe à l'arrière de ma voiture sans discuter nullement ni m'opposer. Je m'allonge sur la banquette, j'allume une petite lumière et ne m'occupe plus de rien ni de la route ni du conducteur. Je me sens calme, comme accompagné dans ma lâcheté, je peux la nommer maintenant et cette constatation, qui aurait dû m'inquiéter, tout au contraire me tranquillise. Je prends du repos pour mon corps, il me paraît peser enfin. Je m'alourdis.

« Moi qui ne faisais pas le poids… je flottais, rien ne me déterminait vraiment, j'étais à côté, toujours inexistant, mais voilà qu'en laissant cet homme agoniser sur la chaussée, je prenais appui sur terre, je me lestais, je me situais, j'avais une place même si celle-ci était inavouable, j'atterrissais enfin.

« Difficile d'être léger, rien ne vous retient, on est dans la marge, sans réalité… et cet autre, ce passager si envahissant était arrivé dans ma vie, comme pour accentuer ce poids de salaud que je venais de me donner. Il me confirmait dans mon rôle et me donnait la réplique. »

— Je ne te quitte plus tu sais. C'est quoi ton boulot ? J'espère que chez toi tu me réserveras la meilleure chambre. Du fric, tu en as… Il n'y a qu'à voir ta voiture, rien ne manque. Le luxe… Tu me présenteras comme un copain d'autrefois…

« Et ta vie ? C'est quoi ta vie ? Femme ? Enfant ? T'as quel âge ? Un peu plus vieux que moi… 38… 40…

« J'ai une petite amie, je te la prêterai et toi tu me passeras la tienne…

Ludovic B., toujours allongé derrière, se laisse conduire par son passager qui parle sans cesse, intarissable sur leur vie commune future. Celui-ci se voit déjà en croisière aux Caraïbes ou tout en haut de la Muraille de Chine, en bateau sur le Nil ou la Neva.

Et autour d'eux le brouillard toujours aussi dense...

— Je t'accompagnerai partout. On va se fixer un délai bien sûr. Je ne veux pas abuser. Un an par exemple. Je me sers de toi. Tu me fais partager ta vie, tes amis, ta famille. Cela sera beaucoup mieux pour moi que si tu m'avais donné de l'argent. J'ai envie de me réveiller le matin, comme si j'avais toujours été riche. Cet argent, je l'aurais dépensé comme un pauvre. Je compte vraiment sur toi. On peut évaluer le prix de mon silence. On arrivera bien à se mettre d'accord...

Ludovic B. ne le contrarie pas, mais se permet tout de même une suggestion.

— Pourquoi ne pas s'arrêter à l'entrée d'un bois pour dormir un peu!

Et il laisse à son passager le soin de choisir l'endroit.

Toujours le brouillard, le givre recouvre les branches de l'unique arbre au milieu de la clairière. La voiture stoppe là.

La radio diffuse des airs de musique douce, puis ensuite de la publicité, puis de vieilles chansons folkloriques...

Ludovic B. et son passager boivent pas mal, trinquent à n'importe quoi.

— À notre vie commune, propose celui qui se voit déjà vivre dans les pas d'un autre.

Enfin ils s'endorment tous les deux.

Un bruit contre la voiture les réveille. Un animal

a dû heurter la portière. Dans la lumière des phares, le chevreuil s'enfuit.

— À combien de kilomètres est-on de chez toi ? On a bien fait de ne pas aller à Paris. On arrivera dans ta maison pour le petit déjeuner. Thé ou café ? Je prendrai la même chose que toi. Jus de fruits ? Toasts et peut-être céréales ? Mais avant je me doucherai, je me changerai... Tu me conseilleras... Tu me prêteras un de tes costumes et demain nous irons ensemble chez ton tailleur... Pour la fin du voyage, tu devrais venir devant. Je te rends ta place de conducteur. Pour arriver chez toi, pour me présenter à ta famille... Ça sera mieux... Je ne suis pas ton chauffeur. Je suis un ami « très cher » enfin retrouvé. Tu ne m'as toujours pas dit avec qui tu vis ? Ce sera une surprise. Dans ta maison, je veux la plus grande chambre avec vue sur parc... C'est une chance, tes affaires me vont si bien, nous avons la même taille... Je les garde encore un moment, je m'y sens à l'aise.

« Nous avons les mêmes goûts... Je te parlerai de ma vie, je me présente, je m'appelle Gino, moi je connais ton nom, il est inscrit partout. Je t'appellerai Ludo, c'est plus facile...

Et cet ami « très cher », ainsi qu'il se nomme, ce Gino si bavard, remonte le col du pardessus bleu marine de Ludovic B., allume une cigarette, met les gants qui sont d'une couleur assortie au manteau, arrête la radio, choisit une cassette.

Ludovic B. sent le froid le gagner et regrette son manteau. Le voyage s'achèvera bientôt. D'ailleurs le jour se lève. Il est temps de prendre congé de ce passager intarissable, qui maintenant met autour de son cou la si belle écharpe. Gino peut la nouer serrée la si belle écharpe, il en aura besoin sans doute.

C'est ici en tout cas que s'achèvera sa nuit... Pour le beau parleur, la conversation est finie.

À la fin du voyage, chacun doit retrouver sa place... C'est bien ce que fait comprendre Ludovic B. à son passager qui sort de la voiture. Et Gino, après avoir relevé le col du manteau et resserré l'écharpe autour de son cou, se dégourdit les jambes, court sur l'herbe gelée, il s'éloigne dans le brouillard en sifflant puis réapparaît en sifflant toujours, il est là juste dans la lumière des phares. Gino fait de grands gestes à son « nouvel ami » Ludo...

Tout après est allé si vite. La même rage, la même accélération. Ludovic B. aimerait mieux ne pas en parler, qu'on ne lui demande pas de se souvenir.

Oui, bien sûr, il ne peut nier avoir foncé sur une silhouette semblable à la sienne. C'est cela qu'on veut lui faire dire. Ce passager ne portait-il pas son manteau et, autour du cou, n'avait-il pas noué son écharpe rouge!

C'est sûr, il ne lui a laissé aucune chance de s'en tirer.

Non, ce n'est pas un accident. Il l'a poursuivi un moment, a roulé sur lui plusieurs fois.

Ludovic B. a regretté surtout d'abîmer son manteau, et après, il est rentré chez lui, a bu un café, a pris une douche et a fini le dessin commencé avant son départ pour Paris, la veille au soir.

À son dessin, il rajoutera une fenêtre. Il n'y a aucun lien entre ce dessin et la nuit qu'il vient de passer, comme il n'y a aucun lien entre ce qu'il était hier et ce qu'il est aujourd'hui.

Il colorie la fenêtre, la complète avec des volets de bois, dessine de petits carreaux aux fenêtres, n'oublie pas l'espagnolette.

Ludovic soigne les détails. Sur les vitres il n'oublie pas les gouttes de pluie.

Que peut bien vouloir dire cette page de dessins sur laquelle il s'applique ? Pourquoi avoir rajouté cette pluie ?

Il ne fait aucun commentaire.

Et sur les événements de cette nuit-là, Ludovic B. ne fera jamais qu'une seule et même réflexion.

« Une question de poids je vous ai dit, je me suis senti plus lourd. »

Un amour de rien

Ma vie n'existe plus qu'en fonction d'elle. Rien d'autre ne compte plus pour moi. Plus rien, je vous l'assure.

Aujourd'hui je suis allé là-bas. Floria m'a reçu, très à l'aise, comme si elle était chez elle, ne semblant faire aucun cas du sinistre lieu, elle plaisantait le plus souvent et parlait avec calme, beaucoup plus détendue que lorsque je la rencontre « dehors », alors je la sens prisonnière, entravée, elle a du mal à marcher, à parler, refusant de lever les yeux, de regarder le ciel même et dit qu'il n'existe pas au-dessus d'elle. Pourtant elle aime s'échapper et préfère me voir « dehors ».

« Je fais le mur, dit-elle. Je fais le mur, pour te retrouver. »

Retrouver... je ne dirais pas cela. Je la perds plutôt. Dans mes bras, elle s'éloigne, oublie jusqu'à mon nom et le sien. Floria alors m'abandonne tout à fait, tandis que dans sa chambre de malade, sagement adossée au bois du lit, je la sais rassurée.

Je caresse doucement sa peau sous sa chemise... Une chemise uniforme qu'elle revêt là-bas, habit de soumission pour ne pas fragiliser son esprit. Sous ce tissu gris de la blouse, elle se veut docile, une malade charmante, tandis que le soir venu, quand elle se prépare pour me retrouver, Floria se maquille, se peigne, se pare, se regarde, s'inquiète. Son esprit chavire pour la simple recherche d'une veste, d'un lacet, d'un bijou perdu. Le boutonnage de sa robe est décalé, ses souliers désassortis. Floria m'avoue avoir cherché des heures durant le foulard qui s'accorderait le mieux au ruban noué dans ses cheveux.

Souvent, elle laisse passer l'heure et finit par s'endormir au pied de son lit.

Plusieurs fois, au matin, les infirmières l'ont trouvée ainsi parée pour nos rencontres nocturnes. Ses habits lui ont été confisqués quelques jours. Floria n'a pas parlé de nos rendez-vous mais a simplement dit qu'elle se faisait belle la nuit pour le plaisir de se regarder.

Nos rencontres obéissent à un certain rite. Pas question d'y renoncer.

Le « dehors », le « dedans ». Chaque côté a ses règles.

« Dehors », Floria se refuse à moi. Par contre, quand je vais la voir l'après-midi, à la « Roseraie », elle m'attire dans la salle de bains, et nous faisons l'amour.

L'extase sous ce ciel de lit Ripolin ! C'est ainsi que nous nous aimons.

Mais « dehors », impossible de l'emmener dans un hôtel, de l'embrasser dans la voiture, impossible de faire l'amour sur la banquette arrière.

Peu poétique, je l'avoue, mais cela vaut bien le linoléum près de la baignoire.

« Dehors », Floria ne m'accorde aucun sourire, des rires parfois, mais aucun geste tendre. Ma main ne peut s'aventurer ni ma bouche. Elle a peur qu'on ne nous surprenne, à l'inverse des moments où « dedans », dans la salle de bains, nous pourrions l'être par les infirmières.

Ce que nous faisons pendant ces nuits d'hiver, enfermés dans ma voiture, au pied du mur d'enceinte de la clinique ? Bien enroulés dans des couvertures, nous buvons du café chaud que j'apporte dans un thermos et nous regardons le pré couvert de givre qu'éclairent les phares de la voiture. Et puis nous ne faisons rien d'autre. Absolument rien. Nous dormons sans doute. Nous dormons mais nous disons que nous restons éveillés, attentifs l'un à l'autre. L'amour ne demande-t-il pas la plus grande attention ? Mais la plupart du temps, nous nous oublions dans le sommeil, enlacés, si serrés l'un contre l'autre.

Au matin, Floria regagne sa chambre par le même chemin, la branche de l'arbre, le mur, les branches d'un autre arbre, puis le parc qu'elle traverse, puis la petite porte du couloir, l'escalier et sa chambre au premier. Ma vie n'existe plus qu'en fonction d'elle. Rien d'autre ne compte plus pour moi. Plus rien. Il ne me reste que le souvenir de ces rendez-vous nocturnes, près d'un mur haut de deux mètres qu'une fragile et délicate personne escalade pour me retrouver, en s'aidant des branches des arbres qui poussent contre.

Et me reste aussi, bien précis, le souvenir des après-midi, une fois par semaine, où je la retrouve là-bas, dans sa chambre.

Dedans. Dehors.

Dedans, Floria marche à petits pas, elle glisse devant moi, elle s'allonge sous moi.

Dehors, Floria est aux aguets. Elle résiste, elle s'affole.

— Où l'avez-vous connue ?

— Dans un dîner...

— Un dîner ! Ils l'avaient laissée sortir alors...

— Une amie m'a appelé. « Viens ce soir. Je veux te présenter Floria. Une invitée de la dernière heure. Une amie de toujours. En ce moment, elle est un peu malade. Ne t'inquiète pas. Floria peut aussi se comporter à merveille. En société, sa bonne éducation revient et lui tient lieu de garde-fou... si je peux dire... Enfin, c'est sûr, tu seras sous le charme. Elle te plaira. Mais à fuir absolument. Danger. »

— Et bien sûr, vous n'avez pas fui.

— Bien au contraire, je ne l'ai plus quittée, le soir-même je l'ai raccompagnée là-bas.

— Cette amie vous voulait du mal ! Vous ne la voyez plus sans doute...

— Je ne vois plus personne. Dans ma vie, il n'y a plus que cet amour.

... Je perds mes forces, je suis en danger, je suis sous le charme, le charme terrifiant de tout ce qui est inexplicable en elle.

J'attends toujours le moment où se fige son regard et s'affole le geste. L'instant de la fêlure, l'instant où elle bascule. J'ai peur. Je n'ai jamais essayé de connaître l'origine de son mal, s'il est possible de la guérir. Ce qui m'importe c'est le danger que je cours auprès d'elle. C'est moi maintenant l'aliéné. Cette frénésie qui m'entraîne tout au bout de mes nerfs, me prend mon temps et mes forces et ne me laisse rien. Dans ma vie maintenant il n'y a plus que « ça ». Une histoire d'amour à « sombrer debout ».

Je me disloque, je me désintègre. Foutue ma vie ces derniers temps. Perdu mon boulot, oubliés les autres, oublié tout ce qui n'est pas Floria. J'ai laissé Jil tout seul. Il avait besoin de moi, jamais je ne suis allé le voir les derniers jours de sa vie, pour ne pas perdre une minute du temps que je pouvais passer avec elle.

Je me suis abandonné moi-même. Plus de repères. Perdu en chemin. Ça peut arriver. Ça m'est arrivé. Je suis à cent lieues de moi, éloigné tout là-bas...

Nous arrivons à l'automne. Juste quelques mois depuis notre rencontre. L'été a passé si vite. Entre folie et ennui. Une certaine monotonie nous envahit maintenant. Une tranquillité de vieux amants, main dans la main, nous marchons dans l'allée. Nos rendez-vous du « dedans » et ceux du « dehors » ont fini par trouver un rythme.

Et puis ce jeudi soir. Trop chaud pour la saison. Floria vient me rejoindre dans la voiture. Toujours cette escalade du mur, le côté enfantin de nos rencontres qui la rassure. « Faire le mur »... et le retour avant la visite de la première infirmière...

Mais ce jeudi, Floria a l'air grave et me dit : « Nous partons tout de suite. Regarde. J'ai mis mes habits de voyage. »

Il y a quelque chose de tyrolien dans sa tenue. Drôle d'idée de s'habiller ainsi. « Mon costume de voyage... je mets toujours cet ensemble quand je pars au loin... »

Plus rien maintenant ne peut la faire changer

d'avis. Il faudra fuir avec elle, avancer dans cette nuit. N'importe où. Partir. Floria est pressée. Plus de temps. Il faut faire vite. Floria salue le mur d'enceinte de la « Roseraie ».

Elle dit un au revoir aux lieux de son enfermement, puis à la grille d'entrée, puis encore au mur qu'on longe avant de se retrouver dans le village qu'on traverse. C'est la nuit. Village désert. Puis la route nationale... puis l'autoroute... Floria a fait son itinéraire.

Et moi, je ne vois dans ce désir de fuite qu'une simple envie de faire un tour, comme les enfants quand ils vont au manège et chevauchent un morceau de bois.

On s'arrête pour boire un café. Floria marche à petits pas, voûtée comme une vieille. Elle trébuche et se plaint de ne pas y voir, elle ne finit pas ses gestes, elle ne finit pas ses phrases.

En rentrant dans la salle de la cafétéria, elle hésite entre plusieurs tables, en choisit une enfin, près d'une plante verte, elle se met à essuyer la poussière des feuilles avec son foulard. Le café qu'on lui apporte, elle le renverse, elle fait de même avec le mien. Tout cela avec un si charmant sourire.

Je n'ose pas lui toucher la main, ni lui parler. Le café coule toujours sur la nappe en papier, puis sur le sol.

« C'est rien. » Je me répète « C'est rien ». Tout va bien, juste un peu de maladresse, d'inattention, de fatigue. Floria ne contrôle plus ses gestes, à cause des médicaments qu'on lui donne.

C'est rien. Je le répète encore. Ça passera. On va trouver un hôtel. Floria se couchera, se reposera et tout ira bien.

Je la veillerai. Je lui parlerai doucement. Je lui raconterai des histoires, comme aux enfants, les mêmes histoires et alors tout ira bien.

Demain, nous trouverons une belle plage. L'air de la mer lui donnera des couleurs et aussi le vent du large. Floria a l'air si pâle.

Pour moi, Floria n'a aucun geste, aucune tendresse, elle me regarde comme elle a regardé le serveur tout à l'heure. Elle ne nous voit pas. Cette indifférence, ce manque de tendresse, ça passera aussi, comme toutes ces mauvaises choses qui courent dans sa tête.

On repart en voiture, son visage est appuyé contre mon épaule. Floria a les yeux grands ouverts, ils fixent la route.

Je m'arrête au premier motel.

Dans la chambre, tout de suite elle s'endort. Je la déshabille. Floria porte des bas blancs en coton sous son pantalon. Je lui enlève ses bas blancs. Sa peau est si pâle. Je lui retire aussi son chandail, dessous elle porte un bustier, je dégrafe le bustier. Je lui enlève aussi ses bijoux. J'essuie ses lèvres trop rouges, puis je l'allonge sur le lit. Elle est nue maintenant, si légère, si pâle et moi je suis tout au bout de moi, perdu si loin, tout au bout de l'effroi, devant une si diaphane personne. Je ne l'aime pas alors.

Juste la peur. Je n'ai pas envie de la toucher. Je m'écarte d'elle tout au contraire, je m'en éloigne le plus possible. La folie rôde. La folie m'apparaît évidente dans ce corps nu. Je la vois dans cette subite laideur et la vieillesse qui tout à coup l'assaillent. Cette belle de trente ans, par moments, devient une vieille très vieille dont je ne reconnais même pas le visage.

Je la recouvre d'un drap, d'une couverture et moi je reste habillé.

Il faut qu'un de nous deux soit prêt, un de nous deux doit veiller.

Je serai cette sentinelle.

Prêt à quoi? Je ne sais. L'important est d'être vigilant.

Je me suis quand même assoupi, tout habillé, allongé sous les draps à côté d'elle.

Mauvaise sentinelle.

Quand je me réveille, je la vois debout, devant le miroir. Floria se regarde.

Petite et frêle silhouette. Fantôme d'amour. Tant de désespoirs, d'extases, de folies, de lâchetés, tout cela pour une jeune dame sans beauté que le miroir me renvoie.

Mauvaise heure. Mauvaise lumière. Ça passera ça aussi. J'en suis sûr.

Je serre Floria dans mes bras et je l'embrasse.

Nous prenons notre petit déjeuner dans cette chambre de motel. Chambre 12.

J'ouvre la fenêtre pour respirer un peu d'air. On étouffe, il fait trop chaud. De cette fenêtre, je peux voir quatre bouleaux et quatre ifs... un apport décoratif évident. Les pauvres bouleaux ne l'intéressent pas, ni mon humour sur les plantations d'autoroute. Floria a raison. Rien n'est drôle dans ce que je dis.

Puis, comme hier, elle commence à renverser très lentement tout ce qu'il y a sur le plateau.

Cafetières, pots à lait, bols. Et quand elle a voulu renverser le cendrier, j'ai retenu sa main. Floria s'est arrêtée alors et s'est excusée.

« Où irons-nous ? Que ferons-nous ? Est-on loin de la mer, de la montagne ? Visitera-t-on des églises romanes, des aqueducs ? Quel musée ? Quel promontoire ? » Floria pose des questions sur le programme de la journée. Il faut que je lui donne un itinéraire.

Je n'ai rien prévu. Elle veut une réponse immédiate. Je lui propose d'aller acheter des cartes de la région. « Il n'y a rien à voir près d'ici. Tu n'as pas pris la bonne direction. J'ai bien peur que ce soit encore un voyage perdu... » Voyage perdu... Puis Floria m'embrasse sur le front et va dans la salle de bains.

Je sors de la chambre et fais le tour du motel pour aller à la station-service acheter des cartes routières. Je bois un café, puis un autre, encore un autre. J'ai envie de fuir, de la laisser seule à son « voyage perdu ».

Je la hais, je pourrais très bien la frapper jusqu'à la mort. J'en ai un désir très violent mais ce n'est pas inquiétant, ce n'est rien et je suis sûr que comme le reste... mauvaise lumière... mauvaise heure... mauvaise laideur de Floria... la haine aussi sera passagère.

Je reviens au motel. Dans la chambre voisine, on passe l'aspirateur. La femme de ménage sur le pas de la porte me précise que la chambre doit être rendue avant midi, sinon je devrai payer un jour supplémentaire.

C'est maintenant la seule idée qui me préoccupe. On est vraiment fait de tout et de rien. Quel chaos dans nos pauvres têtes. Mais cette pensée d'économie me rassure et montre bien que je ne suis pas si perdu que ça, je vais revivre peut-être. L'amour ne m'a pas dévoré totalement. Si je n'avais plus ni haine ni amour, je serais enfin débarrassé d'une crampe permanente que j'ai là, dans la tête, juste à droite au-dessus de l'œil et qui m'aveugle de chagrin. Je reconduirais Floria dans cette clinique, plutôt dans une autre où on la soignerait vraiment. Je ne la verrais plus jamais. Floria irait son chemin et moi le mien. Elle guérirait ou elle sombrerait. Mais nos routes ne se rencontreraient jamais plus.

Floria est toujours dans la salle de bains. L'eau coule, je l'entends. Je frappe plusieurs fois. Sans réponse. Puis j'ouvre la porte. Floria est là tout contre, appuyée au chambranle, immobile, les mains dans le dos, elle vacille un peu. Elle me sourit enfin. Ce sourire ne m'est peut-être pas destiné mais elle sourit.

Floria m'interroge aussi on dirait. Dans ses yeux une expression différente, une douleur figée. Que veut-elle me dire ? Je la retiens dans mes bras, j'essaie plutôt car elle s'écroule à mes pieds. Elle s'affale d'un seul coup. Du sang coule sur le sol. Ses poignets sont tailladés. Il y a du sang dans la douche, dans le lavabo. Il y a du sang partout. Tant de sang. Je la vois morte, elle devait l'être déjà quand j'ai ouvert la porte et qu'elle me regardait si longuement. La mort gagnait du temps pour prendre place.

Je la vois emmenée par des infirmiers, ballottée sur la civière, sa main pend et ses doigts étirés vers le sol semblent désigner quelque chose par terre. Je la suis jusqu'à l'ambulance. Sa chaussure tombe, je la ramasse et je la pose près d'elle. Floria peut-elle en avoir besoin là où on la conduit ?

J'ai vu Floria si grise tout à coup, si transparente, si légère avec cette couleur rouge trop vive à ses poignets.

C'est ça la mort aussi, elle peut être une alliée et m'a délivré d'un amour destructeur.

J'épilogue bien sûr sur la légèreté de mon être, sur cet amour qui allait enfin me foutre la paix. Comme si ce n'était qu'elle vivante qui pût me retenir.

Ça passera, j'avais coutume de dire, et ça passera d'autant plus que je ne la verrai plus.
Quel pauvre amour que celui qui passe si vite.

Je rentre chez moi. J'appelle mes amis pour leur annoncer la nouvelle. Ma vie va reprendre comme avant. À nouveau je vivrai sans cette terrible douleur. Je ne suis plus enchaîné. Je vais fêter mon amour perdu. Mes amis ce soir, je n'ai pas rendez-vous avec Floria.

Je suis resté ainsi trois jours sans m'occuper de rien.
Après les formalités nécessaires faites par la police, j'avais pu retourner chez moi. Je n'ai pas cherché à revoir Floria qu'on avait emmenée mourante dans un hôpital. La mort prenait son temps. Suicide reconnu et ce n'était pas la première fois. J'ai appris que le précédent avait eu lieu dans un motel, à l'époque elle était mariée avec un géologue, mais ce n'était pas lui qui l'accompagnait dans ce voyage.

Trois jours donc, sans coup de fil, sans m'occuper de rien, d'habitude la police est plus curieuse. J'ai appelé enfin la clinique pour récupérer une veste que j'avais oubliée là-bas.
La standardiste m'a dit : « On vous attend... On va beaucoup mieux... »

Je me suis enivré toute une nuit. Elle était donc vivante. Ses bras m'enserraient déjà. Ses lèvres se plaquaient sur mes lèvres. Et comme la mort ne voulait pas d'elle, Floria s'accrochait à moi doublement. La mort lui tournait le dos si effrontément qu'il lui faudrait ne plus me laisser, s'agripper à mes mains, s'attacher à moi, désormais sa seule compagnie.

J'ai attendu trois jours avant d'aller là-bas. J'y suis allé le dernier jour avant qu'on ne l'emmène dans une autre clinique. Je lui ai apporté des fleurs. Elle riait, elle m'a montré ses pansements aux poignets puis elle a défait les bandelettes pour que je puisse voir les cicatrices. Nous avons fait l'amour dans la salle de bains. Ça sentait la teinture d'iode. Elle m'a confirmé qu'elle partait demain dans une autre clinique. Dans la nouvelle, sûrement, pas question de se voir « dehors ». Plus d'escalade du mur... là-bas il y a des barreaux aux fenêtres.

Ça ne fait rien, j'irai la voir dans sa chambre.

Je lui ai promis un amour éternel. Je mentais sans doute.

Bien sûr j'irai la voir tous les jours. Mais l'amour je n'y crois plus. Quel drôle d'amour ce serait. N'oubliez pas que jamais je n'ai été triste de sa mort. Au contraire, plutôt soulagé, car près d'elle je suis en danger. Il aurait été préférable que tout son sang s'écoulât sur le sol de la chambre du motel. Maintenant entre nous quel est celui qui gagnera, un des deux perdra, j'ai bien peur que Floria ne l'emporte encore une fois. Et tout cela pour un amour de rien, un amour qui aide simplement à passer les heures.

Plan éloigné

Que pouvait bien faire, en plein hiver, cette Rolls Royce noire stationnée près des rochers à côté d'un hôtel délabré, fermé en cette saison ?

Dans la crique il y avait aussi quelques maisons de pêcheurs et plus loin un blockhaus transformé en night-club. Le Fifty Fifty fonctionnait hiver comme été.

Dans la Rolls, à l'arrière deux femmes, à l'avant le chauffeur dormait, la tête appuyée sur le volant. Les deux femmes avaient étalé sur leurs genoux une couverture, elles jouaient aux dames. Le chauffeur se réveilla et sortit de la voiture pour se dégourdir les jambes.

La mer, tout en bas, était vert algues.

Sur le mur de béton du blockhaus, l'enseigne lumineuse indiquait « Ici on danse le samedi et le dimanche ».

Le chauffeur tambourina à la porte du Fifty Fifty, pour se faire ouvrir. Sans succès. Ensuite, il revint vers l'hôtel qui semblait tout aussi fermé, pourtant après ses appels, une fenêtre s'entrebâilla sur la terrasse et une jeune femme apparut. Il lui demanda s'il était possible d'avoir trois cafés. La réponse étant affirmative, le chauffeur rapprocha la Rolls de l'entrée de l'hôtel.

Les deux femmes en sortirent emmitouflées dans des châles. Elles avaient même silhouette, même allure. La plus âgée, Agathe, dit en s'arrêtant sur le pas de la porte de l'entrée :

— Ça n'a pas changé. Tu te souviens... mon premier film. Des siècles déjà. Toute l'équipe vivait dans cet hôtel. Combien de temps est-on resté ici ? Plus d'un mois. Tu te souviens ?

Lili se souvenait très bien. Son premier film pour elle aussi.

À l'intérieur de l'hôtel, quelques tables de bistrot, un poêle en fonte au milieu de la pièce, un bar avec de vieilles gravures, un billard dans un coin. Le décor était presque le même qu'autrefois.

— Vous êtes ici depuis longtemps ? demanda Agathe à la jeune femme qui lui apportait le café.

— On a acheté il y a un an. Tout va être transformé. Les travaux seront finis pour la saison. L'hôtel est resté fermé des années. Il était sous scellés... L'affaire Barbusse.

Agathe, au bras de Lili, faisait le tour de la salle.

— Ça n'a pas changé. Presque pas. J'ai tourné ici, il y a plus de trente ans, le film *Petite plage*.

— Je vous reconnais maintenant, vous êtes Agatha... Le film, je ne l'ai pas vu... On en a beaucoup parlé...

Agathe avait seulement ajouté un *a* à son prénom

d'Agathe. Agatha sonnait mieux. Agatha avait été une star, mais depuis quelques années elle ne tournait presque plus. Elle disait s'occuper d'œuvres charitables. À dire vrai, on l'oubliait, comme cette jeune femme qui se souvenait à peine.

— Pourrait-on rester pour la soirée et pour la nuit ? Il nous faudrait trois chambres, demanda Agathe.

La jeune femme refusa tout d'abord, les chambres étaient dans un état lamentable, sans aucun confort... et les salles de bains...

— Les salles de bains ont été installées pour le film. Il y en avait même une en marbre rose, complètement anachronique dans un tel décor, l'idée du metteur en scène...

— Celle-là existe toujours, mais plus rien ne marche. La seule douche qui fonctionne est au premier, précisa la jeune femme.

Agathe insista encore. Elle tenait absolument à coucher ici ce soir. Absolument.

— Je prendrai la chambre 3, la mienne pendant le tournage. La vue sur la mer est superbe. Lucien, tu peux prendre celle au bout du couloir, tu auras une belle vue aussi sur les rochers.

Agathe était bien déterminée. Cette nuit, elle coucherait ici. Ni le chauffeur, ni Lili n'arrivèrent à l'en dissuader.

Agathe s'installa dans la chambre 3 et Lili prit la chambre à côté, comme autrefois. Entre les deux pièces, il y avait une porte de communication.

Lili était la secrétaire d'Agathe, son habilleuse, son « ombre fidèle ». Lili la suivait sur tous ses films. Bien que plus jeune, c'est Lili qui la doublait toujours.

Dans le film *Petite plage*, Lili marchait sur le sable dans la séquence finale, puis rentrait dans la mer. Pour les plans éloignés Lili remplaçait Agatha. *Petite plage* était leur premier film ensemble, leur première collaboration.

Depuis elles ne s'étaient plus quittées. Toutefois, en dehors des périodes de tournage, Agathe et Lili ne se voyaient jamais.

Chambre 3 et chambre 4. Deux chambres identiques, meublées juste d'un lit, d'une table et de deux chaises, avec vue sur les rochers et la crique. Au sol, des carreaux descellés et au plafond une ampoule électrique au bout d'un fil.

— Plutôt sinistre, mais on reste. Lucien est dans la chambre qu'occupait l'assistant, tu te souviens de l'assistant Pierrot... Barbe rouge, on l'appelait...

Bien sûr, Lili s'en souvenait.

— J'espère que le téléphone marche!

Agathe décrocha l'appareil. Il y eut une tonalité, puis elle fit un numéro pendant que Lili lui massait les jambes et les chevilles qui la faisaient souffrir.

Au téléphone, Agathe s'énervait, elle parlait à son producteur, elle avait sa voix de star.

— On me cherche. Très bien. Qu'ils me cherchent. C'est tout ce que je voulais. Je ne dirai pas où je suis. Par contre, je vais t'annoncer une nouvelle. Je ne continuerai pas ce film... fais passer le message. C'est fini tout ça. Pas la peine de crier. Oui, on est parti en balade. Démerdez-vous sans moi. Rupture de contrat... D'accord... Une catastrophe pour toi. Pense à l'argent que tu as gagné avec moi autrefois, au temps de ma splendeur, comme tu dis... mon pauvre vieux, je te plains...

Puis Agathe raccrocha.

— Et moi, alors ? demanda Lili. Je n'aurai plus de boulot si tu laisses tomber.

— Ne t'en fais pas. J'ai voulu le paniquer un peu, mais tu sais, j'ai besoin d'argent moi aussi. Tu te souviens, sur le tournage de *Petite plage*, tu couchais avec l'accessoiriste. Pas mal. Il me plaisait aussi... On a toujours eu les mêmes goûts...

Puis Lili prit congé d'Agathe, un peu brutalement... elle avait envie de faire un tour, de respirer l'air du large, plutôt que de ressasser les vieilles amours passées.

— Une petite marche sur la plage... avec Lucien...

— Je n'ai pas envie de rester seule... murmura Agathe.

Presque une prière que Lili ne voulut pas entendre.

Lili sortit de la chambre et laissa Agathe dans la demi-obscurité de cet après-midi de février. Il était cinq heures du soir, la nuit déjà.

Je n'ai pas envie de rester seule. Agathe resta seule pourtant, elle s'allongea un moment sur le lit, les yeux fermés, puis alla à la fenêtre.

La mer juste en dessous, les rochers noirs et le blockhaus recouvert de dessins et d'inscriptions obscènes. Le dancing Fifty Fifty venait d'allumer son enseigne, elle flamboyait rouge sur le mur de béton. On était samedi. Ce soir, on danserait.

Agathe n'était pas revenue pour le souvenir, elle n'en avait que faire, ce premier film était si flou. Agathe ne revoyait jamais ses films, non elle était là parce que c'était proche des lieux de son tournage actuel qu'elle avait décidé de fuir avec son chauffeur et Lili. Ce soir, Agathe avait besoin d'eux, mais eux ne voulaient pas d'elle.

Où étaient-ils partis ensemble ? Lili avait une telle hâte de l'abandonner. Ils s'étaient éloignés en direction de la corniche, pour descendre dans la crique en contrebas, la petite plage au sable gris. Tous les deux s'étaient allongés dans le creux d'un rocher... et Lili trouvait enfin l'extase dans le froid humide du sable.

La vie était donc là-bas, derrière ces rochers. Et cet amour qu'ils devaient faire... Agathe les imaginait imbriqués l'un dans l'autre, dans une odeur d'algues, les pieds mouillés par les vagues... Lili attendait cet amour depuis longtemps, Lucien lui plaisait.

La vie était donc là-bas avec eux, si loin d'elle. Tout se passait hors de sa portée, Agathe ne faisait plus partie du jeu...

Agathe installa une chaise près de la fenêtre pour les attendre, elle ne serait rassurée qu'en les voyant remonter de la plage. Ils lui feraient un geste amical et tout rentrerait dans l'ordre. La nuit pourrait arriver.

Il ne restait à Agathe que sa superbe ferraille, la Rolls tenait encore bon sous le soleil couchant. Agathe adressa un salut à « la superbe », sa dernière compagne. La voiture étincelait près du béton.

Contre le mur du Fifty Fifty, deux jeunes s'embrassaient. Ils étaient arrivés à moto et après avoir tourné autour de la Rolls, ils ne s'étaient plus occupés que de ce baiser qui semblait ne jamais finir. Ils étaient tous les deux plaqués contre le mur de béton, juste sous l'enseigne du dancing.

La vie était vraiment de l'autre côté, là où Agathe n'était pas, avec ces jeunes aussi en bas qui s'embrassaient.

Puis des motos apparurent sur la route de corniche, elles se rapprochèrent dans un bruit assourdissant. Une horde dans un cortège interminable avançait lentement et descendait la route en lacets qui menait à l'hôtel. Et dès qu'ils arrivèrent devant la Rolls, ils attaquèrent en une ronde guerrière en poussant des cris, ils décrivaient un grand cercle, et au fur et à mesure le cercle se rétrécissait, les cris s'amplifiaient. Ils viraient de plus en plus près de la voiture jusqu'à la frôler, ils commencèrent alors une attaque plus systématique, à pied maintenant, armés de chaînes, de barres de fer et se mirent à la détruire avec une rage incroyable, sans aucun hurlement cette fois, en silence.

Agathe, toujours assise à la fenêtre, cria deux fois « Non », puis elle appela en bas. Aucune réponse. Lucien et Lili, encore absents, peut-être au loin sur une plage, au bout de l'extase, ou tout près, terrés derrière un rocher, immobilisés par la peur.

En quelques minutes, la voiture se trouva désossée, écrasée, réduite à un tas de ferrailles.

Agathe, après avoir dit « Non » deux fois, se voûta sur sa chaise, se courba de plus en plus. Des coups violents dans sa poitrine l'empêchaient de respirer.

« Je suis arrivée », pensa-t-elle. On lui martelait la gorge, elle s'asphyxiait lentement, ne pouvant reprendre son souffle. « La Rolls a fait son temps, moi j'ai fait le mien. »

La vie n'était plus pour Agathe. La vie était avec eux en bas. Agathe n'était plus du bon côté, tout se passait sans elle désormais.

Plus de bruit, le calme. Une trêve. Il faisait nuit, tout à fait nuit maintenant.

Juste une trêve avant la grande flamme. La flamme montait rouge dans la nuit. Ils avaient mis le feu à ce qu'il restait de la Rolls. Le brasier s'étendit. Une explosion suivit. Agathe pouvait les voir tous en rond autour des flammes, attendant la destruction finale.

Agathe ne leur en voulait pas, c'était la vie tout simplement, tandis qu'elle n'en faisait plus partie.

Les motards repartirent en colonne rangée. Ils

klaxonnèrent plusieurs fois puis disparurent sur la route de corniche.

Lili et Lucien s'agitaient en bas devant les flammes. Leurs longues silhouettes se profilaient sur le mur du Fifty Fifty. Ils étaient de retour enfin. Trop tard maintenant pour Agathe. Ils avaient beau lui faire des signes de la main, l'appeler. Ils la voyaient à la fenêtre, le visage contre la vitre. Agathe ne répondait pas à leurs appels.

Trop tard pour Agathe. La même douleur revenait et ne lâchait plus prise, il fallait mourir maintenant. Choisir sa partition, choisir son rôle. Agathe avait si mal, mais elle ne devait pas démériter. N'avait-elle pas été une star ? Une sublime diva ?

« J'ai peut-être encore quelques minutes pour me préparer. » C'est sa seule pensée. Les derniers préparatifs doivent être bien réglés. Agathe prend congé d'abord d'eux en bas, elle leur fait un au revoir de la main, un dernier geste d'adieu. Lever le bras a été si cruel, la douleur si violente qu'Agathe s'écroule sur le sol de carrelage.

« J'y suis, cette fois, j'ai trouvé ma place, mes marques. C'est mieux de mourir si près de terre, qu'assise sur une chaise. Cette mort-là, assise, je ne l'avais jamais jouée dans aucun de mes films, mauvaise position, cela aurait fait une mauvaise scène, tandis qu'ainsi couchée à terre, je suis plus à l'aise.

« Ce soir il me manque un metteur en scène, je serai obligée d'improviser. »

Et alors, Agatha, très vite, car il était urgent de se souvenir, la mémoire ne devait pas lui faire défaut à cet instant, Agatha, bien studieusement, comme un rôle à revoir, une leçon à apprendre, repassa en pensée tous les rôles où elle avait feint de mourir. Agatha chercha celui qui serait le plus approprié. Elle avait eu toutes sortes de morts violentes ou paisibles, des morts cruelles et d'autres si ordinaires… Sa tête serait-elle penchée sur la droite ? Tiendrait-elle le bord de sa jupe ? Ou crispée sur un tablier à carreaux ? S'accrocherait-elle au rideau de velours ou au plastique de la douche ?

Le metteur en scène la laissait se débrouiller seule sur le carrelage. L'attitude n'était guère bonne.

Mais Agathe n'eut pas trop le temps de composer pour cet ultime moment. Elle ne trouvait dans ses rôles aucun réconfort. Il allait falloir inventer une dernière fois, se débrouiller seule sans le secours de l'homme de l'art.

Agathe eut juste le temps de voir Lili entrer dans sa chambre. Elle se tenait immobile près de la porte, le châle d'Agathe sur ses épaules. En la voyant ainsi, Agathe, une seconde encore, eut l'illusion d'être en vie. Dans les plans éloignés… Lili la doublait toujours.

L'anniversaire

Le versant de colline aux herbes folles, les pics neigeux, le torrent impétueux... la marche dans les sous-bois, et la pluie qui tombe sur ces collines bien vertes... et Julia trempée jusqu'aux os, mais vivifiée de la tête aux pieds... Trop. C'est trop pour elle, trop sain, trop pur pour Julia qui n'en peut plus de tant d'oxygène et donnerait ce bien-être pour se retrouver dans une atmosphère étouffante et polluée.

Cela faisait des mois que Julia n'allait plus qu'en haut des montagnes, qu'elle étirait ses membres, faisait courir ses jambes et respirait profondément, comme il le lui demandait, cet air si pur qui l'asphyxiait. Cela faisait des mois, presque une année que Julia marchait au rythme de cet homme, son amant, des mois qu'elle s'essoufflait à ses côtés, pour le garder, le retenir car elle disait l'aimer, plutôt elle se trouvait idolâtre, le cierge qu'on brûle devant l'image... Julia se voyait ainsi en adoration, le cœur noué, le corps lié, bien attaché à son corps à lui, dépossédée, éloignée de ce qu'elle était, Julia ne se reconnaissait plus dans ses vêtements de la couleur des feuilles mortes dont il aimait la vêtir.

Promenade dans les sous-bois... Une journée d'octobre... Un bord de rivière, un banc moussu... Trop. C'est trop pour elle.

Julia marche à ses côtés, habillée de pied en cap aux teintes de l'automne. Elle se fond dans le paysage. Il la veut ainsi docile, il a eu tellement de mal à l'apprivoiser. Son amant la complimente sur sa coiffure, sur son foulard. Julia, sans explication, le jette dans la rivière. Le courant l'emporte. Lionel s'étonne d'un tel geste. C'est le début des hostilités. Julia devient féroce tout à coup. Depuis des mois il l'a privée d'elle-même, emprisonnée dans de suaves harmonies vestimentaires, dans de soyeux coloris quand elle ne rêvait que de rouge criard et de vert fluorescent. Il l'avait tellement façonnée, apprêtée, il lui avait donné tant de leçons de langage, de maintien que, le soir, Julia s'endormait fourbue à mort.

Trop d'efforts quotidiens, trop d'attention pour n'être plus que sa « douce chose », bien conforme à l'image qu'il voulait d'elle.

Et dans cette fin de journée, en avançant lentement sur ce sentier de montagne, il lui a même appris à marcher avec dignité, Julia se dit : « C'est la dernière escalade. Fini l'air pur, je retourne à la poussière des villes, je le laisse à ses sommets... »

Julia veut en finir cette fois et propose à son amant Lionel un rendez-vous d'anniversaire. Un an déjà qu'ils se sont rencontrés. Il faut fêter l'événement. Un tel jour doit être célébré. Julia en prend l'initiative. Elle choisira l'endroit. Ce sera une surprise... Lionel dit aimer les surprises.

Julia a bien préparé ce jour, elle a pensé à tout pour cette dernière rencontre, plus d'idolâtrie, cette fois il faut casser l'image. Il est temps de briser le bel amour. Rien ne peut être laissé au hasard pour rompre comme il se doit avec celui qui l'a tendrement modelée pour qu'elle puisse marcher à ses côtés, en plein jour. Il n'y a pas que les nuits, les jours aussi il faut montrer bonne figure au ciel, sous le soleil et sous la pluie.

Julia se voit, à son bras, fort présentable mais ne se reconnaît pas.

À samedi donc...

Il n'y a pas qu'à lui que Julia donne rendez-vous. Il est grand temps de se retrouver et de dire adieu à l'étrangère, à cette autre Julia qui fait la fière et ne la salue plus.

Le rendez-vous est donc pour samedi. Dans quel lieu ? Qu'il attende un peu. Le lieu n'est pas encore choisi. Julia l'appellera ou lui mettra un mot, une belle invitation sur papier, en bonne et due forme.

Ça le fait rire. Pourquoi tant de mystère ? Ce sera une surprise. Il s'en étonne... Une surprise...

Il lui fait un signe de la main avant de monter en voiture. Il l'a embrassée deux fois. Lionel sent bon. Un amant si propre, si élégant, des mains soignées, délicates...

« Au revoir, mon amour. Adieu même... »
C'est ainsi que Julia le salue.
La voiture s'éloigne, encore un baiser de la main.

Le matin du jour anniversaire, le samedi très exactement, il a laissé à Julia trois messages chez elle. Peut-on appeler cet appartement « chez elle » ? Dans ce lieu, tout a été choisi par lui, tout est d'un goût exquis... des tentures pâles, des nuances assorties dont Julia n'a que faire. Il a fait le vide dans ce qu'elle aimait, pour l'éduquer. Julia doit savoir reconnaître le beau du laid. Elle a dû jeter ou cacher ce qu'elle aimait, plus rien ici ne lui appartient.

Julia se désespère de tant d'harmonie. Rien ne heurte ni ne brusque le regard. Cette douceur lui fait horreur.

« Ce n'est pas moi qui vis ici. »

Pour Julia, il est temps de déchirer, de violenter « l'ombre tourterelle ». Elle jette sur le tissu qui tapisse le mur l'encre violette.

La tache s'étale lentement.

Trois appels de lui. Trois messages sur le répondeur de Julia, en réponse à l'invitation écrite qu'elle lui a postée la veille.

Premier message : « J'ai bien reçu ta lettre. Bien noté l'endroit du rendez-vous. Le nom de l'hôtel. Il doit y avoir une erreur. Je ne connais pas cet hôtel. Et ce lac... enfin, je vais vérifier. Je te rappelle. »

Deuxième message : « Cet hôtel existe bien mais

n'est mentionné nulle part. Je ne comprends pas? Je t'ai acheté plusieurs guides. Tu avais l'embarras du choix. Je ne sais pas où tu as déniché "L'auberge du lac"... »

Troisième message : « J'ai bien envie de te donner une leçon et de ne pas venir... Je crains le pire... pour cet anniversaire j'avais espéré quelque chose de plus... enfin... Une question quand même. Pourquoi cet hôtel? Pourquoi? »

Pourquoi pas. Il dit aimer les surprises. Il sera servi cette fois...

Une petite auberge, près d'un étang. Julia y allait dans son enfance. Pas de trois étoiles. Pas d'étoiles du tout, aucune raison qu'elle soit mentionnée dans aucun guide. C'est si différent des palaces où il emmène Julia d'habitude. Tout est modeste ici. Des clients en demi-pension qui dînent à heure fixe dans une salle à manger décrépite qui sent « la friture du lac ». Pas de parquet ciré, le sol est recouvert d'un linoléum qui a plus de vingt ans d'âge... Julia exulte de le convier dans un tel endroit. Il s'étonnera, ne comprendra pas... Quelle peut bien être la signification de ce rendez-vous, encore une provocation de Julia...

Elle a retrouvé la petite chambre, le numéro 7, celle qui donne sur l'arrière-cour.

Julia a tout apporté pour cette rencontre, elle est

venue avec une valise pleine. Pour un adieu, elle a ressorti ses vieux habits, reteint ses cheveux, coloré ses lèvres, peint ses ongles. La transformation a été minutieuse. Depuis des heures, elle se prépare. L'effet sera réussi. Il ne manque aucun détail. Ses paupières sont bleuies et ses ongles couleur nuit.

N'était-elle pas ainsi avant de le connaître ? Julia se retrouve au tiède de son parfum, « celui qui empeste ». Elle en fait couler dans son cou, sur son ventre... « Jette-moi cette horreur » avait-il dit. Julia n'a pas obéi ce jour-là, et aujourd'hui elle s'enivre de cette odeur si forte. Elle se retrouve. « Pas de doute. C'est bien moi. » Julia peut se souhaiter « Bonsoir ». L'image est parfaite.

La jupe si courte, le chemisier peau de serpent, la veste satinée.

« Tu as fière allure, Julia. Tout est en place pour la parade. L'orchestre peut démarrer. Ouverture un peu lente. Le violon joue faux et la contrebasse s'attarde... mais moi je suis prête, et ce soir, je te dirai : "Mon chou. C'est fini entre nous. Tu retournes à ta vieille... Je défais mes cheveux... Je dégrafe mon corsage..." »

Rien ne manque à Julia pour cette « dernière », elle a un peu forcé la dose bien sûr, mais il faut qu'il comprenne. « L'élève n'obéit plus. Tu m'as appris à sourire, à parler, à marcher... je vais boiter désormais... »

Julia enlève un de ses escarpins et fait le tour de la chambre 7, en claudiquant. Elle se salue encore dans le miroir. « Je suis prête. Je t'attends... »

Il fera nuit tout à l'heure dans la salle à manger de l'auberge. Sur l'eau du lac, près du ponton, deux barques attendent le client. Un vieux pêche assis sur un pliant, bientôt il rentrera pour le dîner, sa table est contre l'aquarium, juste à côté de celle qu'a choisie Julia, une table ronde près du radiateur. Les pensionnaires s'installent déjà. Ils sortent leurs serviettes des ronds de bois, puis se saluent de la tête, sans oublier Julia, la nouvelle, puis ils attendent dans le recueillement de la fin du jour que le dîner commence. Ils sont en avance. On n'a pas encore allumé le lustre. Quelques murmures. On regarde Julia. Elle dérange ici dans le calme du soir, elle casse un certain rythme fait d'ordinaire et d'ennui. Ses cheveux flamboient sur sa tête. Certains lui sourient. « Eh oui, c'est bien moi, Julia... Je fête un anniversaire... J'ai commandé le menu "pension pour deux"... Son couvert est mis... J'ai dit que j'attendais quelqu'un... Nous resterons deux jours... S'il veut bien... en demi-pension... Tu veux rire... Tu me vois ici... deux jours... Je te donne tout l'argent que tu veux et tu as choisi l'auberge du lac... Demi-pension avec réduction... »

L'eau du lac est noire comme les bois alentour. On a rentré les barques dans le hangar. Il fait nuit maintenant et dans la salle à manger, le lustre s'allume en deux temps. Plus de murmures. On mange en silence. Le dîner est servi à sept heures trente précises...

« … Oui j'ai rendez-vous avec mon amant, Lionel Bro, cet homme qui est dans le hall et parle au serveur. Il pousse la porte vitrée et tout le monde regarde ce monsieur si distingué. Lui ne regarde personne. Vraiment tu peux venir à ma table… C'est bien moi, là-bas… je suis assise dans le fond près du radiateur. Il y a un numéro devant moi, celui de ma chambre. Je t'attends… Tu ne veux pas me voir… Tu détournes la tête… C'est bien moi pourtant… Ah oui, j'ai mis cette veste verte, tout ce que tu détestes… pour un adieu, une couleur d'adieu… Je te tire ma révérence… Tu peux saluer ta belle… Mes cheveux mon Dieu… Ce devait être une fête… ratée tu crois… cet endroit, il ne te plaît pas… C'est bien moi, là-bas à la table, celle que tu as rencontrée il y un an… Tout est prêt. Tout est en ordre. Je n'ai oublié aucun détail.

« Je t'attends pour partager le menu "pension". Non. Je te fais honte. Mon allure… ma dégaine… comme tu disais. Je t'ai ménagé pourtant… imagine que je t'aie convié, ainsi parée, à l'Hôtel du Cerf, au milieu des "tiens". Ici, personne ne nous reconnaîtra. Il n'y a que toi et moi. Tu vois, je t'ai épargné…

« Je te fais honte… C'est bien moi et j'ai l'air d'une fille… cette fille n'a pas profité de tes leçons. L'élève fait de la régression. Elle est indisciplinée. C'est vrai. Je n'ai rien appris… Dépêche-toi. Ici on n'attend pas. On dîne à heure précise. Ta soupe refroidit. On va servir le plat suivant… Pour un anniversaire, tu vois, nous ne ferons pas d'extra, juste l'ordinaire qui est ici très bon pour moi.

« Tu hésites encore. Je ferai un effort, si tu t'assois à ma table. Je boutonnerai ma veste, jusqu'au dernier bouton sous le menton... »

Lionel Bro hésite toujours, il attend, reste dans le hall, attend il ne sait quoi et regarde Julia derrière la vitre de la porte battante. Il parle au serveur. Enfin il pousse la porte, le serveur le dirige vers le fond de la salle. Très poli, Lionel Bro salue sur son passage. Cet homme est si bien mis. Qui vient-il voir ici ? Il progresse toujours vers Julia, ralentit, passe tout près, ralentit encore mais ne s'arrête pas. Il lui touche l'épaule, sans rien dire et dépasse sa table sans rien regarder. Il poursuit son chemin jusqu'à la fenêtre, la grande baie qui donne sur le lac.

Il s'immobilise là, ne regarde pas la salle mais dehors. Ses yeux vont à l'opposé de ce qu'ils cherchent.

Rien à voir dehors, le lac est noir et la nuit sans lune. Aucune étoile dans le ciel. Pourtant il s'attarde devant cette vitre comme si le fond allait s'éclairer tout à coup, il attend un lever de rideau, que la nuit s'éloigne, qu'une ombre bouge. Tout est noir. Rien à voir dans les lointains, ni ombre ni lumière. Y a-t-il à comprendre ? Est-ce Julia qui apparaît maintenant en reflets sur les vitres de la fenêtre ? Julia ou cette autre flamboyante qui ne le regarde même pas, et a tourné la tête.

Il a retraversé la salle à manger. En passant près d'elle, il a pris sa main aux ongles bleu nuit. Lui a-t-il parlé ? Que lui a-t-il dit ? De toute manière, Julia ne veut plus rien entendre.

Lionel Bro a dit au serveur : « J'avais rendez-vous avec une femme. Elle n'est pas venue. » Puis il est reparti de l'auberge.

Julia a poursuivi son repas, a trouvé délicieux le menu « pension ».

Son voisin, le monsieur à la casquette, lui a offert un café.

Julia s'est assise à sa table et a dit : « Je bois à ma santé... »

Il y a eu un coup de téléphone pour elle. Julia a fait répondre qu'elle n'était plus là.

Monsieur Lulu,
l'écrivain

Le jour d'après.
17 septembre. Deux heures du matin.
Vent léger.
Fenêtre ouverte.

Je ne sais comment j'en suis arrivé là. Ce fut si brutal. Je n'avais aucune intention violente précédemment. C'est faux, mais là n'est pas l'essentiel. Remarquez surtout mon vocabulaire... J'ai écrit « précédemment », je n'aurais pas employé ce mot avant de le connaître. Il m'a mis à bonne école, pour les mots et pour le reste. Je peux dire qu'il est responsable, Monsieur Lulu, c'est moi qui l'appelle ainsi. Ses phrases m'ont inspiré, elles sont criminelles. Souvent il m'a insulté, mais la voix n'atteint pas sa cible pareillement. Il m'a traité des pires noms, j'ai appris avec lui toutes sortes d'humiliations verbales, une musique de fond « ma rengaine des ténèbres », formule qu'il emploie pour qualifier ses harcèlements envers moi, mais la voix ne fait que meurtrir, elle ne déchire pas. Je lui laisse donc le privilège de l'injure : qu'il gueule, c'est pour son bien. Ça l'aide. J'ai des égards pour lui, vous voyez...

Presque une année que je le sers, que je le berce et, il faut dire, que je le torche. Le grand homme s'oublie au lit ces derniers temps. Je suis toujours là près de lui, comme en ce moment, il est couché sur le côté droit. Dort-il ? C'est ainsi qu'il se repose d'habitude.

Notre alliance a duré plusieurs mois quand même. Nous faisons un drôle de couple et, si je n'avais pas décidé d'y mettre fin, on serait encore tous les deux face à face.

Quelques notes à mettre dans le carnet à la page précédente, des notes écrites hier : « Ce matin, il s'est enfermé, n'a pas déjeuné, ne s'est pas lavé. J'ai passé le courrier sous la porte. On a peur l'un de l'autre maintenant. »

TROIS MOIS PLUS TÔT. EN JUIN EXACTEMENT.

Cet homme qui n'écrivait plus, cet écrivain qui s'alanguissait sur un divan de velours pourpre, fardé comme une femme et ayant toutes sortes de maux, était bien ce Monsieur Lulu dont Nino se plaignait sans cesse. C'était son patron. Nino lui tenait lieu à la fois de secrétaire, de valet de chambre, de cuisinier et, dernièrement, d'infirmier même. Le rapprochement physique qu'avaient créé cette nouvelle situation et cette fonction de garde-malade n'avait fait que détériorer des relations qui n'avaient jamais été excellentes. L'écrivain ne supportait plus ce Nino qui l'aidait en tout, qui « balayait dans son lit et sous ses pas », comme il disait, et goûtait sa soupe. Nino restait tout de même à son service, l'auteur payait bien, c'était un auteur à succès mais qui se trouvait en ce moment en manque d'inspiration, cela avait pour effet de le rendre à peu près gâteux. Il se disait être « au creux du désert », appelait cette période « la traversée noire », et prétendait que, pour arriver au bout, il lui fallait des couleurs vives... Aussi demandait-il à Nino de le maquiller tous les après-midi, puis il pleurait devant son miroir, il pleurait même dans ses rêves et réveillait Nino plusieurs fois par nuit pour lui dicter quelques phrases d'une inspiration fulgurante mais trop volatile. Il fallait alors le réconforter par des mets délicats, des bains chauds.

Quelle tyrannie, que de caprices et jusqu'à cette incontinence d'urine qui était apparue, une nouvelle épreuve pour tester la capacité de servitude de Nino.

Plusieurs semaines passèrent ainsi en grimaces et désespoirs tenaces que Nino, peu attendri, appelait « des simagrées ».

*

Notes du 10 juin.

Monsieur a besoin d'émotions fortes, aussi ce matin, étrange séance, il voulait étudier la douleur, la douleur physique je précise. Quelles mines, mon Dieu, n'a-t-il pas faites pour recevoir quelques coups. Il était ridicule. Son thème aujourd'hui était « je souffre ». Blessure et sang qui coule. Je me demandais bien quel genre de couteau, de canif, il allait me proposer. Je lui ai laissé le choix des armes... si je peux dire, pour sa démonstration. Pour cette dernière séance, il m'a suggéré une petite entaille au bras que je devais lui faire avec son rasoir. Douleur légère. Puis il a fait le malin, il a voulu une blessure plus profonde. Monsieur poussait des cris et s'est presque évanoui.

Drôle de méthode pour faire « mousser » son imaginaire.

11 juin. Je suis sur le banc, près du ruisseau.

Aujourd'hui, « temps de rêve », je le trouve rabougri dans son fauteuil, je l'ai installé sous le marronnier, pour qu'il profite de la douceur du soir. Il n'a pas l'air d'apprécier. Rien ne semble aller désormais. Mon cher auteur n'aime plus cet endroit et me l'a dit dix fois.

« Je n'aime plus rien. » Sa nouvelle litanie.

Magda est venue ce matin. Elle a déjeuné dans sa chambre mais n'est pas restée après le repas. Il n'a plus envie de lui faire l'amour. C'est avec moi qu'elle a fait la sieste. Au moins, j'en profite.

Magda ne lui plaît plus. Irène non plus. Plus rien ni personne ne trouve grâce à ses yeux.

Monsieur a décidé de vivre désormais dans sa bibliothèque, d'y dormir même. J'ai dû y transporter son lit.

Depuis hier, je dois l'habiller, le laver. Il se dit impotent, vieux. C'est faux, il est plus jeune que moi mais prétend vieillir doublement depuis qu'il n'a plus d'inspiration. Il fait le compte des jours. « Foutu. Foutu », est sa seconde litanie. C'est vrai. S'il n'écrit plus, que deviendrai-je ? Les temps sont durs en ce moment. Quand on a un travail, il vaut mieux le garder.

Depuis qu'il est dans cet état, j'ai annulé tous ses rendez-vous, ses interviews, j'ai refusé pour lui les propositions des journaux. Plus d'articles. Les fonds sont en baisse.

3 juillet. Pluie. C'est la nuit.
Je dors la porte ouverte.

Il a des lubies, des exigences. Il prétend n'avoir jamais connu la peur et pense qu'il pourrait y gagner en talent en élargissant le champ de ses observations... Et c'est moi qui suis chargé d'organiser ses journées et ses nuits. Plutôt calme, celle-ci. Il faut dire que je n'avais rien prévu au programme.

Ne pas oublier cette histoire de peur, il m'en a reparlé. Je dois donc lui organiser une belle panique pour le faire vibrer. Ça le changera du cri de la hulotte.

Une autre nuit.

Rentrés tous les deux au bercail après un « petit voyage », c'est Monsieur Lulu qui l'a appelé ainsi par dérision. Nous ne sommes partis qu'en proche banlieue. Il a choisi l'endroit et l'hôtel, tout ce qu'il y a de plus sordide. Cette ambiance lui plaît. Il m'a demandé de prendre une chambre voisine de la sienne. Peur d'un mauvais coup, bien qu'il le cherche. Au milieu de la nuit, il s'est réfugié auprès de moi.

« Les draps sentent la mort », geignait-il. La crasse plutôt, mais c'est la même chose pour lui.

Je ne l'accompagnerai plus dans ses escapades. Quelle nuit... Je n'ai pas fermé l'œil. Il a navigué dans les couloirs pour faire le voyeur. Il n'a pas été déçu en tout cas. Il a reçu un mauvais coup. Ce qu'il cherchait, il l'a eu.

Autre nuit.

On a recommencé les séances de douleur. Je lui ai tailladé le bras avec un canif. Le sang a giclé et a sali son beau costume prince-de-galles. J'ai refusé de continuer. Qu'il ne compte pas sur moi. Je ne fais plus partie du jeu. Je déclare forfait, toutes ses coquetteries m'exaspèrent.

La blessure était légère. Juste un peu de sang sur le veston du cher auteur. Ce costume taché l'a fait réagir. Il m'a insulté. Il voulait bien la douleur mais pas la tache.

Quelques jours plus tard.
Milieu de l'après-midi.

Je note un changement.

Plus tard encore dans la soirée.

Il faut absolument que j'écrive tout ce qui se passe. Monsieur Lulu est différent. Il n'est plus le même.

Le lendemain.

Il s'est levé si tôt aujourd'hui. C'était la nuit encore. Il a fait son café, puis s'est lavé, habillé, et tout cela sans mon aide. C'est inhabituel. Ensuite, il s'est enfermé dans sa chambre et a mis la pancarte « Ne pas déranger ».

*

Les notes dans le carnet s'arrêtèrent pendant quelques jours. Nino n'inscrivit rien. Son cher auteur venait de retrouver son œil vif, son sourire éclatant, il chantait à nouveau dans sa baignoire et tous les matins revêtait sa robe de chambre chamarrée, lissait ses cheveux si parfaitement teints et se mettait au travail.

Nino avait enfin la paix. Le cher auteur n'avait plus aucune exigence. Nino lui servait des nourritures insipides, des vins aigres achetés au rabais, du pain dur.

Tout cela profitait à Nino dans ses comptes de ménage.

Puis les notes reprirent dans le carnet. La première était sans date écrite au crayon.

*

... Il me fout la paix. Seule dépense supplémentaire, un petit cadeau pour Magda qui est revenue le voir. Des notes de teinturerie aussi. Quand il mange, il en met partout, il se salit et ne fait attention à rien. Il est « ailleurs, emporté tout à fait au loin »... à ce qu'il paraît...

Un regret quand même, cette nouvelle attitude de sa part. Il est devenu méfiant et cache ce qu'il vient d'écrire. Plus rien ne traîne. Quand j'ai été engagé en octobre dernier, il y avait dans la maison un désordre impressionnant. On trouvait des pages écrites abandonnées partout, sur la table, mais aussi sur le sol, sur les chaises, dans sa chambre, aussi dans la cuisine, dans les tiroirs de la commode et dans la salle de bains, près de la baignoire, près de la cuvette des waters. Des pages essaimées çà et là, dans des points stratégiques. Les pages traînaient des semaines entières, j'avais ordre de ne pas les toucher. Elles étaient posées sciemment, en vue de différentes lectures pour différents moments de la journée et de la nuit...

*

Un soir, l'écrivain insista pour que Nino lût un passage dont il était particulièrement fier.

— Vous me direz ce que vous en pensez.

Nino lui fit comprendre qu'il n'en était pas question.

— Je n'aime pas lire.

Cette réponse créa un certain malaise.

— Pourquoi avez-vous répondu à mon annonce et insisté tellement pour que je vous engage ?

— Je ne savais pas qui vous étiez. Votre nom ne me disait rien. J'avais besoin de travailler. C'est tout.

L'auteur montra un certain désappointement après cette réponse. Il ne doutait nullement de sa renommée et avait espéré trouver en son secrétaire un lecteur attentif et passionné. Il ne désespéra pas toutefois et proposa à Nino de lui donner à lire son dernier roman.

— C'est facile. Vous verrez. Ça vous distraira. Je vous libère aujourd'hui. Prenez la journée, deux jours même s'il le faut.

Nino trouva cette proposition extravagante et ne changea pas d'avis. Il se contenta de refuser obstinément, sans donner aucune explication. Mais le soir dans son carnet, il nota : « Je suis un domestique, pas un lecteur. » Et cette phrase il la souligna deux fois.

Les hostilités étaient donc engagées. L'auteur insista encore, se fit enjôleur. Sans succès. Nino décida alors de le surnommer « Monsieur Lulu » : Vous avez lu ? Vous avez lu ?

Donc ce Monsieur Lulu si désireux d'être apprécié par Nino était devenu méfiant, ordonné. Plus aucune page ne traînait. Il les enfermait dans son secrétaire et la nuit souvent les cachait sous son oreiller. Nino était agacé, non pas qu'il eût envie de les lire mais il ressentait cette attitude comme une nouvelle manifestation d'animosité à son endroit. Nino n'en laissa rien paraître. Il n'avait jamais été aussi zélé, attentif, « une perle ».

Un soir, Nino accompagna son cher auteur à une interview. Magda était là aussi. Ça se passait sur un plateau de télévision. Nino avait consacré des heures à vêtir Monsieur Lulu, à le parer. Une véritable entrée en scène. Il avait changé de costume dix fois, étudié son attitude dans le miroir ; pourtant l'auteur avait l'habitude des médias mais c'était comme la première entrée dans le monde.

Magda avait maquillé son visage avec soin, on la verrait derrière le romancier. Il ne fallait pas démériter.

Nino était resté dans l'ombre sur le plateau, près d'un pilier. Il pouvait suivre l'émission sur un écran de contrôle.

Une heure durant, de dos, de profil, de face… Quelle arrogance avait ce grand homme pour parler de son travail, de ses journées, de ses angoisses de la page blanche, des menus événements de sa vie... et pas un mot sur lui... Nino, qui certains soirs tenait à bout de bras cette épave humaine, si fanfaronne pour l'instant.

Le grand homme face à ses lecteurs. Des millions de gens le regardaient. Il parlait de ses premiers émois sexuels, de sa première masturbation et de sa première défécation au fond d'un jardin feuillu plein de rosée... La première dont il se souvint bien sûr et qui avait fait l'objet de pages inoubliables... L'auteur en avait la larme à l'œil. Quelle émotion pour Monsieur Lulu et ses lecteurs.

Et quelle horreur... horreur était bien le mot que se répétait Nino après avoir regagné sa chambre, une fois que l'auteur, épuisé de sa prestation, se fût endormi dans les bras de Magda.

Elle était venue rejoindre Nino ensuite. C'était toujours ainsi, d'abord Monsieur Lulu... Magda n'était pas restée longtemps avec Nino. Un plaisir rapidement expédié. Nino pensait à autre chose. Et le soir, il reprit son carnet et nota.

*

... Quelle horreur. Il faudra donc que j'apprenne tout de lui. Il s'est encore vomi à l'image, le cher auteur. Quel manque de dignité, quel cabotinage! Non contents d'écrire maintenant les auteurs parlent... parlent. Combien de fois encore aurai-je à supporter ses exhibitions? Quelle belle page raturée il brandit ! Il est tout fier, jusqu'à ses pantoufles qu'on a filmées, un peu poussiéreuses, il est vrai, j'avais oublié de les nettoyer. Il ne les met plus jamais. Et quand on le ramène à la maison, après ces séances grotesques, nous en avons eu deux cette semaine, j'ai droit à ses confidences, il s'apitoie et passe l'enregistrement et le commente : « Mon Dieu, ce costume a une vilaine couleur à l'écran et mon nœud papillon fait vieillot. Encore une idée de Nino. Il me déguise. Il cherche à me ridiculiser... et mes cheveux trop longs. Je lui avais demandé de me les couper. Il n'a pas voulu et n'en fait qu'à sa tête... »

Remarquez... Monsieur Lulu, bien que je sois dans la pièce, ne s'adresse qu'à Magda, moi il m'ignore tout à fait. Puis il enchaîne lui parlant toujours : « Demain je lui demanderai de couper mes cheveux. Ils sont vraiment trop longs... »

Non content d'être son barbier, je vais être son coiffeur maintenant...

Suite des notes.

... Nuit agitée. J'avais espéré que la fatigue de la journée passée sous les sunlights nous donnerait, à tous les deux, un sommeil paisible. Pas du tout. Il a travaillé toute la nuit et à un moment s'est mis à pousser des cris... une vraie voix de prima donna.

Sa porte était fermée à clef. Je lui ai demandé ce qu'il avait. Il ne m'a pas répondu et quand il a fini par ouvrir, il faisait à peine jour, je l'ai trouvé dans un état terrible, à deux doigts de l'apoplexie. Je l'ai frictionné au gant de crin, aspergé d'eau de rose. Ça l'a rafraîchi. Tout allait mieux après. Je ne l'ai plus entendu de la journée.

Une histoire d'adjectif soi-disant. Il cherchait un adjectif… c'est tout ce qu'il a bien voulu me dire.

Aujourd'hui lundi…

A noter l'incident des deux pages.

Vers cinq heures de l'après-midi… un orage. Un vent violent a ouvert la fenêtre de son bureau. Il ne s'est pas dérangé bien sûr et a hurlé « Nino ». Monsieur Lulu était là, assis à sa table, il écrivait. Il pleuvait dans la pièce. J'ai épongé, essuyé, remis d'aplomb ce qui avait été renversé et puis j'ai vu sous le vieux fauteuil, près de la porte-fenêtre, deux pages tapées à la machine que le vent avait dû pousser là. Je les ai ramassées. Cet incident s'est passé lundi après-midi. On est mardi. Je ne les ai toujours pas lues mais rangées, cachées plutôt…

★

Ces pages 135 et 135 bis, Nino les enferma dans un vieux sucrier inutilisé, tout en haut de l'armoire de la cuisine, il les avait juste regardées sous la lampe électrique pour constater qu'elles étaient parfaitement tapées, sans une rature, avec une mise en page recherchée. Les talents de dactylo du cher auteur étaient évidents. Pour ces talents-là, Nino le considérait un peu.

Nino avait examiné les pages sans les lire. Ça ne l'intéressait pas. Mais dans les jours qui suivirent, tout alla fort mal.

Monsieur Lulu n'écrivait pas et ne le laissait plus en paix. Que pouvaient bien renfermer ces pages pour que leur perte mît l'auteur dans un tel état ? Il les cherchait partout, se lamentait sans cesse, fouillait toutes ses caches, renversait toutes les poubelles, retournait tous les tapis. À devenir fou. Il y eut un crescendo dans cette panique. Le premier jour, la recherche fut silencieuse, inquiète. Le deuxième jour, exaltée, désordonnée, affolée.

Monsieur Lulu ne soupçonna jamais Nino. Il craignait plutôt de les avoir déchirées par inadvertance.

Et le troisième jour, surtout la troisième nuit, le désespoir le plus tenace alternant avec des crises de fureur. L'auteur cassait tout dans sa chambre. « Si je ne les retrouve pas, je ne pourrai continuer, je ne pourrai finir mon roman... c'est peut-être le vent qui les a emportées... »

Trouver ces pages était devenu une idée fixe. La violence et le désespoir, la fureur et les larmes se succédaient. Monsieur Lulu était devenu pitoyable.

Nino nota seulement dans son carnet : « Nuit de simagrées. Je ne céderai pas. »

Nino en était venu maintenant à se demander si toutes ces mimiques, cette douleur qu'il supposait feinte n'étaient pas un piège que le cher auteur lui tendait, pour se l'attacher définitivement, le soumettre en le faisant entrer dans son jeu. Ces pages, peut-être Monsieur Lulu les avait-il laissées traîner exprès pour que Nino les trouvât et finît par les lire...

Le cher auteur maintenant dépérissait. Ses journées, il les passait allongé sur le divan de velours rouge. Il prétendait suffoquer. Nino ouvrait la fenêtre pour qu'il respirât un peu, mais Monsieur Lulu suffoquait encore.

La petite Magda venait le voir, elle lui tenait compagnie mais il suffoquait toujours. Le désespoir était tenace.

★

16 septembre. Nouvelles notes.

Nous n'allons pas bien, le pouls est lent, le cheveu triste, le ventre plat, comme la bourse... Nous n'allons pas bien du tout.

★

Car maintenant Nino disait « nous », en parlant de son auteur. Avec lui, il formait un couple désormais.

Nino ne se dissociait plus de lui.

★

Suite du carnet de Nino.

Je lui rendrai ses pages. Je les lirai même. Il faut faire la paix. Il est grand temps. Après nous boirons une bonne bouteille. Nous avons jeûné ces derniers temps.

★

Nino ne perdait pas de vue que le cher auteur était son gagne-pain. Il fallait le garder en bon état de marche, aussi Nino monta sur le tabouret pour pouvoir prendre ces pages qu'il avait si soigneusement cachées dans le sucrier. Elles étaient froissées et sentaient la vanille. Nino avait calculé qu'il ne lui faudrait pas plus de cinq minutes pour les lire, après il les porterait en offrande, en même temps que le plateau du thé.

L'eau dans la bouilloire chauffe. Nino s'installe dans la cuisine, près de la table. Il fait très sombre et, bien qu'il soit quatre heures de l'après-midi, Nino allume l'ampoule du plafonnier et commence à lire. Il veut lire vite, pour en finir, mais tout de suite quelque chose le retient, quelque chose de vivant s'agrippe à lui et l'oblige à ralentir sa lecture, à prendre en considération les mots. Nino les répète même à haute voix, tout cela avec la plus grande attention, en alerte pour une rencontre qu'il vient de faire.

Plus aucun doute possible, Nino se retrouve dans ces lignes. Il n'est pas nommé bien sûr, mais c'est bien lui qui est l'objet d'une telle haine.

Un écrivain et son domestique — et l'écrivain accuse ce dernier de l'empêcher d'écrire, de l'espionner, de le torturer, *les séances de douleur*, de lui rendre la vie impossible.

Et justement, par une sombre après-midi d'hiver, l'écrivain dans un accès de démence cherche à étrangler son domestique... Mais sa mort tarde on dirait. Nino a beau relire plusieurs fois, il est déçu. Les mots sonnent mal. Aucune émotion ne passe. Nino qui doit trépasser dans ces lignes, étranglé par la haine de l'auteur, ne ressent rien. C'est bâclé. Il se sent privé de sa propre mort. « Il s'est foutu de moi et ne m'a donné qu'une mort bien ordinaire. »

Nino en espérait plus. C'est comme si Monsieur Lulu l'avait joué encore une fois et lui avait fait cet affront ultime de mal le traiter à ce moment-là.

La bouilloire siffle fort. Nino verse l'eau chaude sur le thé et prépare le plateau, sans oublier le napperon de dentelle.

Monsieur Lulu crie « le thé! », tranquillement allongé sur sa méridienne. Nino tarde. Que fait donc Nino depuis qu'il s'est enfermé dans la cuisine?

« Bon Dieu. Le thé. »

L'auteur a noué autour de son cou une belle écharpe jaune, il ne semble pas vraiment remarquer l'air sombre de Nino qui arrive enfin avec le plateau du thé et s'avance vers lui. Monsieur Lulu regarde surtout les pages posées sur une assiette qu'il lui tend. Monsieur Lulu bondit de joie.

— Ah, vous les avez enfin trouvées...

Nino pose le plateau, verse le thé dans la tasse et met deux morceaux de sucre.

— Il y a quelques phrases dont je ne suis pas mécontent. C'est un moment si important dans l'histoire. Vous comprenez pourquoi je les cherchais avec tant d'ardeur. Je vous offre une tasse de thé pour la peine... un petit gâteau et après, au travail...

Et comme Nino l'attrape à la gorge, Monsieur Lulu exulte toujours.

— Ah, je vois que vous les avez lues. Ça vous a plu j'espère.

— Non. C'est plat...

— Comment plat ? Économie de moyens. C'est plus... et puis je dois retravailler. Ce n'était qu'un premier...

Mais Monsieur Lulu a du mal à finir sa phrase. Les sons ne passent plus dans cette gorge que Nino a prise dans ses mains délicatement tout d'abord et beaucoup plus violemment maintenant...

Il se débat comme il peut, Monsieur Lulu, et entre deux halètements il s'étonne plus de cette appréciation sur son écriture que de la sauvagerie de Nino qui est à deux doigts de l'étrangler.

— Je vous répète que c'est plat. Ma mort est ratée, continue Nino sans desserrer ses mains, tout en emmenant Monsieur Lulu sur le canapé de velours, celui-là même où dans ses pages l'écrivain le faisait trépasser.

— Ma mort est ratée. Vous n'avez aucune imagination. Vous vous souvenez, les séances de douleur, il vous faut du vécu pour faire « mousser ». Les séances de douleur ne vous ont rien appris. C'est vrai que l'étranglement n'était pas au programme. On va s'y mettre. Première leçon aujourd'hui. Et après vous me referez cette page, on recommencera autant qu'il le faudra. Je veux quelque chose de tragique, du vécu. Je ne dois pas me laisser faire ainsi. Enfin c'est vous l'auteur. Vous vous êtes foutu de moi. Je ne suis pour vous qu'un personnage secondaire, vous m'avez négligé.

Nino desserre ses mains, il veut une approbation. Monsieur Lulu n'arrive pas à parler. Il bouge simplement la tête puis s'allonge de tout son long sur le plancher en se tenant la gorge avec ses deux mains.

— D'accord, murmure-t-il enfin, puis il se roule en boule en respirant fortement et fait un bruit de déglutition qui se répète plusieurs fois.

— D'accord, finit-il par dire d'une voix plus forte puis se met à tousser.

Quelques jours plus tard...

Nuit... Pleine lune cette nuit. Je ne sais pas l'heure. Vous pouvez comprendre maintenant comment j'ai pu en arriver là. Il faut se mettre à ma place. Il y eut une surenchère, une escalade. J'ai un peu forcé quelquefois, des séances de douleur mouvementées il y en eut, mais le résultat est là. Il y est enfin arrivé, après avoir recommencé plusieurs fois ces pages et ma mort, il m'a enfin traité comme un personnage principal.

Ces dernières lignes Monsieur Lulu les passa sous la porte, juste au petit matin. Ça faisait déjà des heures que je l'entendais tourner en rond. Le résultat ne décevra pas, voilà enfin la dernière page refaite, écrite sur un papier d'emballage, je ne sais vraiment pas pourquoi. Je lui fournis pourtant tous les jours des feuilles blanches en quantité suffisante.

Enfin plus de doute possible, les mots maintenant ne me laissent plus d'espoir. Plus de chance de m'en tirer; Monsieur Lulu, cette fois, n'a pas épargné sa peine. Il a montré son talent et ne m'a pas raté. J'en ai des sueurs froides, j'ai même dû m'asseoir sur les marches de l'escalier en lisant les phrases. J'ai besoin de reprendre mes esprits. Il m'a donné une belle mort. Il faut que je le félicite.

C'est vrai, on a eu du mal tous les deux mais on y est enfin arrivé.

Dans la chambre tout de suite, je ne l'ai pas vu. Dans la salle de bains non plus.

Monsieur Lulu était caché dans le fond de la penderie. C'est sa nouvelle manie. Il se cache. Il était tout recroquevillé, tout maigre. Je l'ai complimenté. Aucune critique. Rien à redire sur ma mort. J'en avais encore des palpitations. Une fin superbe. Mon cher auteur m'a bien traité cette fois.

Il m'a regardé. Aucune expression dans son regard. Un œil tout à fait rond, imbécile presque. Monsieur Lulu devrait être content pourtant puisqu'il avait un tel désir de me compter parmi ses lecteurs.

Cet ouvrage a été composé,
par Eurocomposition à Sèvres 92310,
et achevé d'imprimer,
par la Société Nouvelle Firmin-Didot,
à Mesnil-sur-l'Estrée, le 18 janvier 1993.
Dépôt légal : janvier 1993.
Numéro d'imprimeur : 22830.
ISBN 2-07-072892-7/Imprimé en France.

58113